清华园的记忆

李相崇　李昕　著

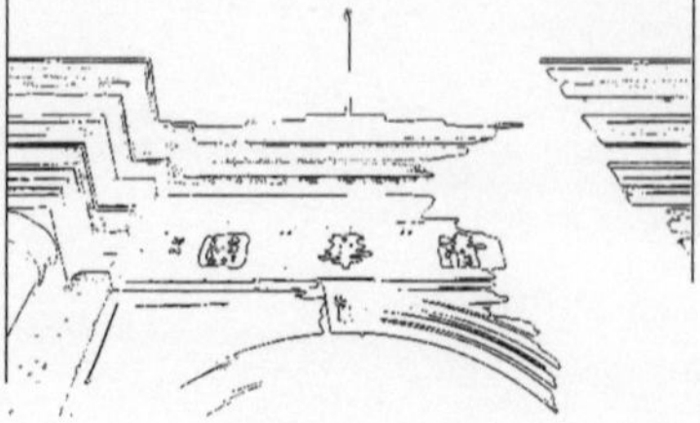

上海三联书店

目　　录

写在前面的话

李　昕

这本小书一共只收录 4 篇文章，且是家父与我二人文章的合集。

它的编辑和出版，源自我 2015 年在上海三联书店出版的散文随笔集。当时，我把回忆家父的散文《清华园里的人生咏叹调》和回忆自己为一些知名作家、学者编书往事的多篇随笔混编在一起，凑成了一个集子。出版后就觉得有些不伦不类，特别是书名也采用的那篇文章的篇名，往往会误导读者，使他们以为整本书都是关于清华园的。但是，因为我写清华园的文章总共只有两篇，不足以成集，如此处理也是无奈。忽一日，我的一位朋友提了个建议，说他读过家父写的《清华解放前后的一些回忆》，称此文正好可以和我的《清华园里的人生咏叹调》对照阅读，父子两代人，对于同一历史时期的诸多事件，从不同角度作出各自的描述和解读，颇能相映成趣。我以为这个建议甚好，于是又增补两篇文章，一是家父的口述回忆《我与清华》，二是我写自己在清华园里罹患癌症的故事的《吊诡人生》，从而编辑成了这本书。如此，大概不会再被人认为是文不对题了。

《清华园里的人生咏叹调》一文，是我刚刚从三联书店退休时写的。其实这个题材，在我脑海里，已经盘桓和思考了多年，只是以前一直没有时间写。退休后我开始写散文随笔，这一篇可谓水到渠成。我没有列提纲，没打草稿，提笔就写，随思而录，一鼓作气，用了8天时间，以每天5000字的速度，完成了全稿。征求了一些朋友意见后，大约只修改了几句话和一些错别字，就拿出去发表了。我写文章从来没有这么顺畅过。

事后回想，我觉得原因在于家父的故事，其实也是我的故事。自己伴随父亲经历了几十年的风雨坎坷，许多纠结的情感和意识，甚至是难言之隐，被压抑在了心底。写作是一种宣泄，故有一种酣畅淋漓之感。

当然，这并不是因为家父的故事有多么传奇，多么惊悚，多么振聋发聩；相反，他的人生故事实际很平凡。

当我把这篇文章发在自己的微信朋友圈里时，我加了这样一段按语：

我为家父的一生，写了一篇4万字的文章，发表在《当代》2015年第3期。家父在清华大学外语系任教六十多年，去世前是最为资深的教授。在学术上他算不上名家，在政治上他没当过反革命，未被划为“右派”，没坐过牢，也没挨过打。和某些人相比，他没有那么多悲和惨，却也有着不少的冤和怨。窃以为，他的经历和命运，在老一代知识分子中，或许有些代表性。

当然，我所指的那些“冤”和“怨”不能说没有家父个人的性格原因，但更多的是社会原因和时代原因，唯其如此，作品才能引起读者的广泛共鸣。文章发表后，甚获好评，有几位我十分尊敬的老作家也盛赞此文，认为是我所有散文中最有分量的一篇。

前面提到，此文与家父的文章《清华解放前后的一些回忆》关系密切。但是他这篇回忆录只写了他 1945—1953 年这八年的人生经历。两文中涉及了一些相同的历史往事，这是必然的，因为他的回忆，原本就是我的散文的依据之一。但是我们两人表达的情感诉求不同。我着重写一个旧社会过来的知识分子在政治沉浮中的坎坷和磨难，替他鸣了些许“不平”，而家父却重在反省自己的心路历程，并无许多愤愤之语。我感觉，他极其客观和冷静，像是在写一篇思想总结。他在文章开头这样说：

> 1945—1953 这几年是我的“多事之秋”，我后来的生活道路在很大程度上根源于这个时期我的所作所为。如果写回忆录，这个时期确有可写。但是，在那个伟大的革命年代，我的事迹实在渺小，不足为外人道。我又没有作家的生花妙笔，不能把平凡琐事写成引人入胜的文学作品。假如我是一个典型人物，那么我的经历或许能为研究那个时代的知识分

子的人提供一些素材。如果不是，那么公之于众就没有什么意义，这就是我不写回忆录之类文章的原因。今天终于提起笔来，也不企求出版，实际上，也不会有出版社要这样的稿件。我只打算复印若干份，分赠至亲好友，仅供他们闲暇时消遣之用，如此而已，岂有他哉。

话虽是如此说，但他的文章绝不是供人消遣的。他写得极其严肃。这篇回忆录最初使用的标题是《动摇的八年》，为什么强调“动摇”？那就是因为他思考问题的角度，仍然是反思自己对于革命事业的立场和态度，把是否坚定选择革命道路作为评价自己人生价值的标准。故而他几乎仍然以向党组织写思想汇报的方式来叙述自己一段复杂的人生经历。这中间有很多自我解剖，包括对一些所谓私心杂念的不留情面的自我批判，也包括对自己性格上的软弱性、摇摆性、贪图安逸、胆小怕事等弱点的深刻揭露。他自己说：

在这八年间，我追随革命，但又一再落伍，其原因无非是为自己想得太多，以致长期踏步不前。在回忆里，我要对自己的动摇进行无情的鞭打，但是，我的思想毕竟是追求进步，追求光明的，这一亮点也要恰如其分地反映出来，以求全面地刻画出我的面目。是否做到了这一点，就请读者评判了。

在我看来，他完全达到了自己设定的目标。这篇回忆文章，非常真实地反映出一个知识分子在时代大潮冲击之下的精神状态。父亲说自己“渺小”，或许不是“典型人物”，但是他的那种真诚地追随革命、拥抱光明的情感，那种洗心革面、改造自我以求跟上时代步伐的姿态，正是那个时代知识分子的普遍特征。在这方面，他的代表性也是很突出的。

不过，家父的回忆只写了八年便戛然而止。我曾多次鼓励他继续写下去，但是他每次都摇头，说是没有想好如何写。我想，这不仅是因为 1953 年以后的漫长历史时期，涉及的历史事件和人际关系更加复杂，更加难以把握，而且，也因为家父的人生在后来发生了巨大改变。无论如何，前面这八年，家父尽管也有一些不愉快的经历，但毕竟是处在顺境里，属于人生道路的上升阶段。而从 1958 年以后，他不断挨批挨整，被作为革命斗争的对象，处境每况愈下，历时大约 20 年。在这段时间里，他所谓的早年“追随革命”，已经变得毫无意义，周围的人们已然把他当做天生的反面教员。家父大约是不愿细细回顾这些伤心往事，所以没有继续往下写。只是在 2009 年他 95 岁时，清华大学图书馆为整理校史对他进行专访时，他才十分简略地谈到一些情况。而一接触这方面的话题，我们就会发现他心底里其实保存着许多无法磨灭的记忆，都是当年的精神创伤。后来这篇专访根据录音整理出来，由我做了文字修订，这就是本书中的《我与清华》一文。

本集中还有一篇文章是我写的《吊诡人生》。这是我的一段回忆，写自己作为一个清华教授子弟，在14岁时突然患上淋巴癌的经历。此时正值“文革”期间，客观上我需要留在父母身边治病，但是家父在清华园里挨批挨斗形成窒息的家庭气氛，使我为摆脱家庭宁可放弃治疗，置夺命的疾病于不顾。先是离开清华跑回自己的学校，继而远离北京到东北农村插队，而且一去十年。然而阴差阳错的是，叛逆带来的精神解脱，最终却使疾病奇迹般痊愈。我把这一篇文章收录在这里，是为了给这本有关家庭记忆的书补充一些具体生动的细节。的确，自己在“文革”期间“冒着生命危险”去“追求革命”，这个足够传奇的故事，今天的人们简直难以理解和相信。不过我在此并无自我标榜之意，因为这一行为的动机，并非人们想象得那样冠冕堂皇。表面上的激情与理想，无法掩盖实质上的自私目的：以逃避求解脱。无论它最终的结果如何，都表现出那时的我对父母缺少关爱和体谅，乃至于如此绝情。此事于今想来真是悔愧难当。这也应该是我写作此文的题旨之一吧。

最后，我要感谢上海三联书店总经理陈启甸和总编辑黄韬先生接纳这本小书的出版。我的第一本散文随笔集就是在这里出版的，黄韬先生还曾为我作序推荐，两本书他都亲任责编。他们对我热情而慷慨的支持，使我这个已退休的三联人总能感受到“大三联”的温暖。

2019.3.16

清华园里的人生咏叹调[①]

——记我的父亲李相崇

李　昕

几个热心的清华大学教授子弟，编写了一套书，题为《清华名师风采录》，第一辑出版了，又要出第二辑。因为我是作编辑的，他们把书稿目录寄给我看，希望我提一点建议。我注意到，他们列出的清华大学外文系的名师里面，有钱锺书、曹靖华、吴达元，也包括王佐良、李赋宁、周珏良，总共16人，个个都是"老清华"，而1952年院系调整后留在清华的却一位都没有，自然，名单中也没有我父亲李相崇。我对这套书的主编说，你们提到的外文系名师，有的在清华任教只是一个短暂的过渡，有的只待过两三年，但我父亲，从1946年进入清华，到1986年离休，一直在外文系任教，他是院系调整后第一任外语教研室主任，是80年代清华恢复外语系时的第一任系主任，直到2004年他90岁时，还在担任《大学英语》和《英语教学与研究》两本杂志的主编。他还不够清华名师资格吗？

---

① 本文的资料来源，主要是父亲写下的《清华解放前后的一些回忆》，清华大学图书馆整理的《我与清华——李相崇教授口述》，中国文史出版社出版的《李准年谱》，以及我与父亲多次谈话时我所做的笔录。

父亲李相崇

那主编听了我的话，连说这是疏忽。正好，他在为第二辑约稿，希望我马上写一篇收进来。我婉言谢绝了。我说，如果写，我也不会按照你们的要求去写。我另外有话要说。我会像周启博写他父亲周一良那样写我父亲，我要帮助他反思自己的一生。

事后，我想，这本《清华名师风采录》没有收录我父亲，可能也没有错。他的名气确实不像已经收录的16人那样大。但是之所以如此，恐怕还是因为他把一辈子奉献给了清华。这真是个悖论呢！

（一）

1912年8月6日，在当时被称为"东亚第一馆"的青岛亨利王子大酒店，一场盛大的婚礼在此举行。新郎李涛、新娘周沅君，他们就是我的祖父和祖母。参加婚礼的来宾，多是辛亥后云集青岛的晚清时期的达官贵人，规格极高，场面热闹。并非我的祖父祖母有多么出众，而是因为他们联姻的背景引人注目。我祖父李涛，是前清广东水师提督李准的胞弟；而我祖母，是前清两广总督周馥的孙女。提督的弟弟迎娶总督的孙女，捧场的人自然不会少。

婚礼过后，李准携家眷返回香港。后来又迁居广州、天津等地。祖父祖母始终随行。我曾祖父去世得早，而李准又年长我祖父 23 岁，是为“长兄大过父”，祖父不仅跟着这位大哥长大，而且一直到 1936 年李准去世，他的家始终依附着大哥的大家庭。祖父自己没有很大的出息，后来在天津市政府作小秘书，靠一手漂亮的书法，给政府官员做些抄抄写写的工作，收入微薄。他自己的小家，总要依靠李准的钱。

李准这个前清旧官僚，一辈子做了三件大事。

首先是李准任职广东水师提督期间，英国侵略者多次窜入南海非法测量，掠夺海洋资源。清庭提出抗议，英政府仗着“坚船利炮”而置若罔闻。宣统元年（1909 年），他率官兵 170 余人，乘二舰前往西沙查勘，探明岛屿 15 座，逐一命名，升旗鸣炮，宣告西沙群岛为中国领土。同年，在巡海时发现有日本商人在东沙群岛私自开采，遂提请清政府对日交涉，终将日人驱逐。

其次是作为前清官员，李准曾率部镇压 1902 年广州洪全福起义、1907 年潮州黄冈起义和广西钦廉起义、1910 年广州新军起

李准像

义，特别是参与镇压了1911年广州“三·二九”起义（也就是著名的黄花岗七十二烈士起义）。

第三是辛亥革命时，他于1911年11月初宣布反正起义，还派员说服在惠州据城顽抗、与陈炯明等民军激战的清廷陆路提督秦炳直开城投降。此后胡汉民赴广州，就任都督，从而广东全省得以兵不血刃而宣告独立。胡汉民曾在一份文告中公开宣布：“粤东省城九月（指旧历）反正，以李直绳君之功为最。”李直绳就是李准。

李准就是这样一个功过相兼的人。辛亥以后，为了避免革命党与他的旧时积怨惹祸上身，袁世凯请他出来继续做官，被他婉拒;后来溥仪建满洲国也有意请他出任伪职,他亦坚辞不受,守住大节无亏。整个晚年,他超脱于各种政治势力和权力之外,明哲保身,变成了一个文人,整天写戏看戏,演练书法,著书立说。

我父亲李相崇出生于 1914 年 12 月 7 日,他和我祖父一样,也是跟着李准长大的。从出生一直到读大学前夕,都是李准供养。这种情况,致使解放以后,各种政审的表格需要填写家庭出身这一栏时,父亲犯起难来。因为我祖母是周家大小姐,周家人经商,给了她三万块钱股票,她也便是有产者。所以父亲填表时若是随祖父填,那就是"职员";随祖母填,那就是"资产阶级";随实际抚养他的李准填,那就该填"旧官僚"。父亲后来告诉我,他这三种出身,在不同的表上都填写过。

父亲到了上学年龄时,李准的家已经搬到了天津。李准利用自己手里的积蓄,在今天天津和平区某处买了一块地,在那里盖了 8 座欧式两层别墅型洋楼,称为泰华里 1—8 号。其中 1—3 号,李家自用;4—5 号,租给了我祖母的三哥周叔弢先生(此人后来是著名工商实业家,曾担任全国政协副主席和天津市副市长);6—8 号外租。后来我听说,著名书法大师郑诵先(前中宣部常务副部长郑必坚之父)曾租住过 8 号。

因为和周家住在一起,父亲和周家的几个与他年龄相当的表兄弟周一良、周珏良等一起长大。父亲和周家兄弟都没有进过小学,而是由家庭教师在家授业。周家殷实,且重视教育,所以不惜重金,聘请的都是满腹经纶的文人。周一良晚年回忆起来,唯一

天津泰华里 1 号

的遗憾只说他的家教没有教会他做旧体诗，致使他不会“用诗骂人”，但是四书五经，他是早早就熟读的。而我父亲的家庭教师就没那么有学问了。毕竟时过境迁，李准此时家业破落，千金几乎散尽，不能再像二十年前那样，把能诗能文的前清秀才、后来的革命党人汪精卫聘到家里，给他自己的儿子李相枚和我祖父二人做家教了。所以父亲童年时代，没有得到像周一良他们那样的国学基础训练，以至于几十年后他成了外国文学翻译家，却坚持翻译文艺理论，不大敢涉足文学创作。他一辈子没有翻译过诗和小说。他总是说，自己的中文底子不行。然而，在我看来，他们这一代人的中文修养，比起我们这一代人还是要高一些的。

父亲是从中学阶段开始接受西式教育的。他起先进过两所教会中学，从初三起转到南开中学，他的南开同学中，著名的有韦君宜(那时名叫魏蓁一)和何炳棣。但是他家教时期的基础不好，可能也还不懂得用功，成绩是无法与韦、何相比的。上高中一年时，居然还留级。李准在这一年的《自编年谱》中记录："相崇侄以不及格留级一年班"，在慨叹了其他几个子侄读书也不努力之后，他说："是期总共交学费三百余元。余力竭矣！倘再不好好读书，何以对吾乎？"

和周一良、周珏良从小跟着专门的外教学外语不同，父亲儿时在家里只读过一本很简单的英语课本。教会学校的初中，大多以英语授课，他听不大懂，学得一塌糊涂，所以频频转学。到南开后，高中一年下学期，英语考试还是不及格。考试等级分为 A、B、C、D 四级，D 级就是不及格，但是老师居然给他判了一个 E！一次在课堂上老师提问，点到他回答，他张口结舌，被老师用英语骂道："A piece of wood!"(一块木头！)这句话伤害了他的自尊心，他从此发奋。在一个暑假里，他几乎拿出全部的时间，精读了几本不太难的英文小说，总共有一千多个页码，结果发现，精读不仅可以提高理解能力，而且可以提高写作能力乃至听力。再回到学校时，他发现原来他听不懂的英语讲授课程，例如《西洋历史》之类，现在都听懂了。从这以后，他从一个差生摇身一变成了优等生，令老师和同学刮目相看。

1933年他被保送进了南开大学英语系，此后几年他的成绩一直名列第一。他的老师，英语系主任柳无忌和教授赵绍熊都非常赏识他。上大学那年，李准的《自编年谱》里记载，“川中仍不来一钱，穷困达于极点”。但是父亲从此年年拥有奖学金，不需要再花李准的钱。在大学期间，父亲认识了同班的漂亮女生刘佩锦。她的功课不好，父亲常常帮助她补课。很快他们确定了恋爱关系。

“七七”事变以后，南开大学遭到日本飞机轰炸，举校南迁，和清华、北大一起成立西南联合大学。这时父亲尚有一年学业没有读完，为了免于跟随学校搬迁的一路折腾，1938年，他和刘佩锦一起，到上海沪江大学借读。沪江大学在上海的法租界，那时的租界是“孤岛”，日本人尚未进入。他们利用孤岛的安宁，在一年里完成了大学学业。

（二）

大学毕业时，西南联大已经辗转在昆明落位。父亲写信给他的南开老师柳无忌先生，表示希望到联大去任教。柳无忌回信说，联大的外语系被清华的陈福田把持，排挤外来户，咱们南开人在这里受气，你不必来了。父亲只好另想办法。为找工作，他曾到香港待过一年，也无功而返。

1941年，他和我母亲刘佩锦在天津结婚。一年以后，他们的大女儿出生了，那就是我的大姐李维琪。

父母的结婚照

为了工作，他们带着女儿来到北京。父亲在一间银行里面当柜员，一干就是好几年。整天的工作，无非就是打算盘、记账。所以他的手指拨算盘，永远技法娴熟。“文化大革命”时清华大学开门办学，派他到工厂劳动，有一天工厂里忽然需要做一点计算。

工人拿来算盘，他上来噼啪几下搞定，把大家看愣了。人家觉得这个老教授怎么会有这个绝活，其实他是正经的专业出身呢。

银行的工作很轻松，父亲就动了抓紧时间学习的念头。虽然没有担任外语方面的专业工作，但是这几年恰恰是他在外语方面功夫下得最深的几年。上班时一有空就看，晚上熬夜学，居然是几门外语一起学。原本英语是自己的专业，法语学过一些有基础，他利用这段时间先攻法语，再学日语和德语。他自己研究了一套速成的学习方法，居然可以在一两年里搞定一门外语，达到读书基本无障碍的程度。后来，一直到 1960 年，他始终在坚持学习新的外语语种，又陆续学了俄语、西班牙语、意大利语、葡萄牙语、捷克语等，一共九门。国内的外语学者，很少有他这么"博"的。80 年代，有个叫王同亿的，号称自己用背字典加阅读训练的方法，掌握了十门外语，一时报上广为宣传，人称"王十国"。父亲知道此事后，淡淡一笑，说这有什么可宣传的？不过是为了多卖几本他编写的辞典而已。父亲从来不对外人讲他是"李九国"或者"李八国"，但外语界很多人对此是了解的。在一次会议上，他见到著名的英语专家许国璋。许先生和他握手时说，"跟你比起来，我们这些人只能叫做英语教授，你才是外语教授"。

稍晚他开始学习俄语，那是 1943 年 4 月的事，当时苏联刚刚在反法西斯战场上取得斯大林格勒保卫战的胜利，他崇拜和尊敬苏联，希望更多地了解苏联，于是开始学习俄语。他学得很快，只一年，已经可以看书。但是比起其他语种，他后来在俄语上功夫下得最深，坚持时间最久。当时是日本人占领时期，因为苏联是共产党国家，所以日本人禁止中国人学习俄文。但是父亲已经懂了日文，他就到书店里购买日俄对照的书来读。若有人查问，这样当可掩人耳目。而且如此一来，他把两门外语同时学好了。他又找到一个白俄老头儿，这种人是俄国革命时期为了逃避苏共来中国“避难”的。与白俄接触，日本人没有什么戒心，所以父亲便与那白俄交换学习，他教对方中文，对方教他俄语，并练习对话。这样学习，几年以后，他认为自己俄文的听说读写的全面能力比他在大学当作专业来学的英文还好。后来他到清华任教后，原本是教英语，但曹靖华来开了俄语课，没有人当助教，他就主动去帮忙改俄文作业，有时曹先生不在，他也给代课。曹靖华对他极其欣赏，一再说他“绝顶聪明”。50年代以后，父亲搞了大量翻译，是当时知名的翻译家，但是他译的书，基本都是俄文书，却很少有英文书。

日本占领时期，父亲的家庭生活是相当清苦的。父亲一人在外工作，靠微薄的收入养活三口之家。他不敢让母亲出去找事做，甚至不敢让母亲上街，因为他亲眼看到日本人在街上殴打和抓捕中国人，野蛮粗暴。他害怕母亲出门受欺负。有一次，母亲路过一个水果摊，忍不住买了一斤京白梨。那在当时也是很便宜的水果，而且只有寥寥几只。拿回家后，父亲大发脾气，对母亲说，你吃了白梨，咱们拿什么钱吃饭？母亲委屈得呜呜哭。这件事，在母亲心头留下阴影。到了解放以后，1954年，母亲执意要出来工作。那时我二姐李维文刚刚6岁，我还不到两岁，父亲觉得家里离不了人，便不同意。父亲那时收入已经很高，就对母亲说，我养得起你呀。母亲说，你有钱可以雇人看孩子，但我一定要出去工作。没有白天的工作，就去教夜校；没有正式的工作，就去当临时工，态度非常决绝。后来母亲对我说，那一斤白梨一直是她的一个心结。女人要在家庭中有地位，一定要经济独立。

（三）

父亲是从 1938 年开始接触马列主义的。此前，他认识了南开大学外语系比他高一班的同学吴炎。吴炎是旅居日本的围棋大师吴清源的哥哥，他当时还不是地下党员，但思想倾向革命，追求正义和进步，常常介绍一些进步书刊给父亲读。后来，吴炎投身革命，抗战时期，曾经打入伪军内部劝降，成功劝说河南一部伪军放下武器，投靠国军；解放战争刚开始，他与另一位中共党员深入河北省国军高树勋部，又成功策反高树勋将军率部起义，投奔中共。此事获得中共和毛泽东的高度评价，极大地动摇了国民党的军心。从 1938 年起，吴炎与父亲的联系从未间断，他们成了终身的密友。

在吴炎影响下，父亲开始阅读马克思主义著作，他用功读过英文版的《资本论》和《马克思传》等，开始懂得剩余价值学说、阶级和阶级斗争理论，思想上深受影响，倾向于社会主义。学习俄文以后，他读了列宁的许多俄文著作，还读了高尔基、法捷耶夫等人的俄文革命文学作品，内心里越来越向往革命。但他懂得理

英文版《资本论》

论，却并未急于付诸实施，对此吴炎曾批评他“缺少激情”。这种性格原因，使他最终没有和吴炎一样投身革命队伍，奔向解放区。

抗战胜利的时候，他的打算是去苏联留学。他的朋友，很多人选择到美国、英国去镀金，但他没有这种兴趣。他要学习革命文学。他的白俄老师与北京苏联领事馆的领事齐赫文相熟，便介绍他认识。但齐赫文说，现在战争刚结束，苏联国内多年来因为战争影响了很多人的学业，现在他们纷纷要求复学，大学里人满为患，肯定不能腾出有限的名额招收外国人。父亲又问，自己可否到领事馆来工作？齐赫文说，苏联的北京领事馆还不是正式机构，不能招人。但他说，父亲可以在领事馆给苏联官员教中文。他自己算一个，他又介绍了两个人，一个是克格勃郭督可夫，另一个叫季托夫。这样父亲就有了三个学生。

他工作的小银行解散之后，他还是需要一份正式的工作，而且，他想搞专业。要托人介绍，他自己没有门路，只能求我母亲的家人。当时，国、共、美三方为和平谈判，在北京成立军调部，那里需要大量翻译。我母亲的姑夫韩文信，是中央医院的著名牙医，蒋介石和周恩来都请他看过牙，特别是他的夫人，也就是我母亲的姑姑，在天津读书时是邓颖超的同学，所以韩文信也和周恩来成了朋友。不久前，韩文信曾把自己的一个侄女介绍给军调部中共方面当打字员，父亲若想给中共当翻译，也是可以走这条路的。另一条门路，则是我母亲的伯父刘瑞恒。此人早年是中国第一个哈佛医学博士、协和医院的首任华人院长。当年孙中山患肝癌，手术的主刀医生就是他。他后来做了国民政府高官，长期担任中央卫生署署长。若请他从中介绍，那么到军调部国民党方或美方，应该都无问题。但父亲不喜欢国民党，首先把它排除了。至于中共方面，父亲担心一旦加入，谈判过后全家都要跟随中共调动，而孩子太小，怕经不起折腾。最后他选择了给美方担任翻译。

虽有人介绍，也要考试，他在应聘者中考第一，而且考官告诉他，历次应聘的人，从没有考得这么好的。他心里觉得好笑，这几年他忙着学习多门外语，而英语却已四五年不碰了。美方翻译的要求，也不过如此。业务上无问题，他在翻译组很受信任。但是为美国人干事，他心里还是不太舒服。他是同情中共的，看到美国人在准备帮助国民党打内战，他极为不满，和同组的一个亲美派谈起自己的观点，发生争执，当那人说出“还是要由国民党代表中国时”，激愤之下，他甚至动起手来，伸出双手掐住对方的脖子，直到对方告饶。事后察觉自己失态，便不敢再在军调部议论时政。他攒下很多话，去和苏联领事馆的官员说，他认为苏共自然会支持中共的。但是他不知郭督可夫是个克格勃，见他表露亲苏亲共的思想，便打起他的主意。一次，他要父亲写一份军调部美方人员的思想情况报告，父亲照办了；接着他向父亲摊牌，说他将来会给父亲布置工作，可以按月付钱，当场交代两人的接头暗号。此事遭到父亲的力拒，令郭督可夫十分不解。他不知道，父亲心里有个底线，哪怕你是苏联共产党，让我出卖中国的利益也不行，绝不能给外国人做间谍。

在这个时期，经吴炎介绍，他加入了民盟，可以算是北京市民盟的早期成员之一。他清楚地记得，他参加过三次民盟北京市支委会，在会上认识了当时的北京民盟主委吴晗。但他确实没有参与过民盟的领导工作，他是新人，地位不够，资历也浅，是够不上当领导的条件的。但为什么阴差阳错、鬼使神差地参加支委会，他也无法解释。以至于后来吴晗怀疑他是特务时，对他参加过三次支委会也一概否认，好像他是有意伪造历史似的，弄得他很委屈。这是后话。

在军调部工作6个月后，父亲的表弟、在天津与他一起长大的周珏良来找他。周珏良说，他现在在清华大学外文系任教。抗战胜利，清华大学从云南回京复校，缺少师资，问父亲这里有没有合适的人材？父亲说，那还不是现成的？我去吧。周珏良说，清华的工资，可能比军调部低一半呢。父亲表示不在乎，他不想再给美国人办事了。他听说，清华就是一个“小解放区”，意思是那里有一种比较亲共的氛围，这正符合父亲的理想。于是当场就表态。两三天后，周珏良又来了一趟，带来了清华外文系主任陈福田签发的聘书。连面试都没有，就决定录用了，说明他这个军调部美方译员的身份，清华还是看高一眼的。

（四）

1946年8月，父亲携家眷搬入清华。陈福田让他教大一英语，同时还帮助曹靖华改俄语的学生作业，他的英文、俄文专长都用上了，自己感觉如鱼得水。

清华大学"二校门"(局部)

民盟方面，他向吴晗报到。吴晗把他介绍给清华的民盟盟员。对大家说，父亲是"老盟员、新同事"。他发现当时的清华民盟盟员不多，也就十几个人，包括吴晗、潘光旦、费孝通、季镇淮、王瑶、吴征镒等。大家经常集中在吴晗家里开会。

民盟也有左中右。吴晗是左派。父亲当时追求进步，看过很多马列的书，懂得不少社会主义理论，思想也比较激进。在民盟开会时，父亲通常是比较敢说的，有时发言也很激烈。比如有一次讨论到苏军从东北撤军，把东北大型工厂的机器设备都拆卸下来运回苏联，很多人表示对苏军的不满。父亲一向比较亲苏，这时他说，这些机器苏军不拆，留下来，国民党就会利用它们制造武器和共产党打内战，所以还不如让苏军拆走。这观点语出惊人，连吴晗都觉得难以接受。但是后来，彭真同志在一次群众大会上对此事做解释，讲的观点和父亲的一模一样。还有一次，民盟讨论沈崇被美军强奸案，大家对事态如何发展众说纷纭。父亲说，此事国民党一定会移交给美国军方处理。吴晗问，你何以见得？父亲说，他在军调部工作时，翻译过一个美国政府和国民党政府的协议，那协议里规定，美军在华犯罪由美军自行审判。吴晗急要这份文件，以为对于揭露国民党政府丧权辱国非常有用。但是父亲没有留下底稿，自然是拿不出。为了这事，父亲曾检讨自己的觉悟和政治敏感性不及吴晗，以后每每提及都深感遗憾。

因为观点接近，吴晗与父亲格外亲近。他们经常在一起聊天，话题总是不离政治。要知道，在那个时代，能在一起谈政治的朋友，才是知心朋友。1947 年 4 月和 5 月，母亲带着我大姐回天津老家，父亲一人在清华，没人给做饭。吴晗就说，你就干脆到我家来吃饭吧，让袁震给做就是了。父亲不好意思天天白吃，就给袁震交伙食费，在吴晗家包伙。吴晗爱喝当时清华廉价销售的日本清酒，父亲和他每餐必饮，然后就推心置腹地交谈。父亲初来清华，对人事关系不熟，与人说话又较为随意，所以常被吴晗、袁震夫妇善意提醒。有时父亲无意接触了有国民党背景的教师，说了不该说的话，也会被他们两口子痛骂。当然，骂完了，还是要给饭吃。父亲后来说，那个时期，他在清华，尽管还有更熟悉的人，例如他的表哥周一良、表弟周珏良都在外文系，但是真正能够无话不谈的朋友，只有吴晗。

1947 年 10 月，由于民盟亲共，国民党政府宣布解散民盟。报上登出告示，要民盟盟员都到警察局去登记自首。上级传来指示，让清华民盟组织销毁名单，注意隐蔽。父亲当时下决心是绝不去自首的，但是他也想避避风头。所以大约有半年时间，他没有再到吴晗那里去，也没有参加民盟的活动。后来的几十年中，在他多次申请加入中共时写的思想自传中，他把这次暂停民盟活动作为自己一次大的思想动摇，不断地在深挖自己的思想根源，认为那就是革命的不彻底性，小资产阶级的软弱性、动摇性等等。

树欲静而风不止。他不参加民盟的活动，但还有很多事情需要他表态。几次反美活动的签名，他照样签了；几次学生罢课，他照样表态支持了。有一次外文系学生罢课是直接针对亲美教授、系主任陈福田的，学生来采访他，他大胆说了陈一些坏话，诸如说陈欺上压下等，被学生们用大字报抄出，举着游行。气得陈福田对美国教师布朗说:“我要赶走他。”(I'll get rid of him.)但最后并未付诸行动。

他这样说话和做事,自然有人怀疑他是共产党,包括陈福田,他讲过这样的话,说罢课是父亲组织的,而父亲“背后还有一个组织”。1949 年 7 月,清华地下党员公开身份,有些人看到名单上没有李相崇,还觉得很奇怪。不仅是清华的普通教师,国民党方面也怀疑过父亲,这可能和他的社会关系复杂有关。父亲出身旧官僚家庭,和前面提到的刘瑞恒是亲戚,而刘瑞恒留美时曾经和宋美龄谈过恋爱,后来是宋子文的密友。在一般人看来,父亲这样的人,是不应该放弃军调部的高薪到清华来的,因而他会不会是共产党派来的?有什么特殊使命?所以 1948 年 9 月 29 日,在学生罢课后,国民党军警宪特包围清华,有人看到,他们拿出的搜查名单上,有父亲的名字。当然排名比较靠后,打头的两个是张奚若和吴晗,父亲算不上是重点。后来没有搜成,那是因为进步教授李广田转移视线,把军警们领到别处去了。

被国民党怀疑不算什么,但是让父亲后来一直感到纠结的,是他同时也被共产党怀疑,被自己的好朋友怀疑。1952 年,忠诚老实运动查清他的历史之后,有党员领导干部向他道歉,不知是不是代表组织,说:“对不起你,过去我们怀疑过你是国民党特务。”其实 1950 年他提出申请入党被拒绝时,就有人对他如此说。他问有何根据,那人告诉他是吴晗讲的,父亲顿时就愣住了,他万万想不到会这样。我母亲当时正巧在场听见,接连大呼冤枉,这不是栽赃吗?父亲想起 1948 年 3 月,在他暂停民盟活动之后大约半年，他认为风声过去了，想恢复参加民盟的活动，但是到了吴晗家里，发现吴晗态度冷淡，只是为他倒一杯水，然后坐在对面，面向他皮笑肉不笑，也不讲话，这与以前判若两人。他自责因为软弱，脱离革命浪潮去避风，致使吴晗对他改变了看法，也没有多想。后来他才知道，吴晗此时的态度完全和他几个月来的表现无关。只是因为吴晗不久前见到苏联领事馆领事齐赫文，齐向吴谈到他对我父亲的一些印象，比如说，父亲既和美国人有联系（军调部美方），又和苏联人有联系（领事馆的3人），还和国民党有关系（刘瑞恒），甚至齐赫文还无中生有地说有人看到父亲和一个国民党军官一同坐火车去天津。这样的人是否背景复杂得有些可疑？于是吴晗认为我父亲特务嫌疑很大，他将自己和齐赫文的看法带回清华，并报告给了清华地下党组织。

清华大学从云南迁回北京时，教师中还没有几个地下党员，但到了1950年前后，入党的就已经有了几十位。这批人都是新中国成立前夕追求进步的青年教师和大学生，他们在1948至1950年间被党组织吸纳。他们就是后来清华党员干部的骨干，其中很多人陆续做了清华的校领导。其实，我父亲开始也曾经属于这批进步知识分子，但是自从吴晗讲了这番话以后，他便被从人群中抛了出来，入了另册。

对父亲的这项怀疑和指控，虽然在两三年后就澄清了，但是它在父亲内心深处，却打下了一个死结。父亲没有想到吴晗会这样对待自己，太让人寒心。从此他不再与吴联系，几十年，两人没再见过面、通过信。吴很快调走，高升为北京市副市长，50 年代他曾回过几次清华，有时约民盟的老同志见面，父亲都有意避开，因为他不知见面时可以说什么。1967 年，吴晗挨整，北京市委派来一个“文革”专案组，找父亲做外调，主要是希望证明吴晗是苏修特务。他们之所以能找到父亲，是因为吴晗档案的自述材料里提到父亲，且提到父亲和苏联人的交往。那时父亲也在受审查，揭发吴晗或可立功，而且念及过往的恩怨，这真是送上门来“报一箭之仇”的机会。但父亲不肯落井下石，他对专案组说，“我无法证明”。专案组大怒，拍桌子，吹胡子瞪眼。父亲也急了，说“解放前，是我和苏联人有联系，但是吴晗没有联系！”专案组悻悻而去。他虽然在关键时刻维护了吴晗，但心里却一直没有原宥他。吴晗“文革”惨死，他也唏嘘感叹，毕竟他们曾经朋友一场；但 80 年代清华为纪念吴晗，在荷花池边上修建“晗亭”，并为吴晗塑像，举行揭幕仪式前，他收到请柬，但最终没有前去参加。

（五）

父亲刚到清华时，曾经对美国教授温德说，他向往清华，因为这里是“北平之肺”，意思是清华的政治空气清新，进步力量强大。

那时他 30 岁出头，是个思想进步的青年教师，用后来流行的话说，就是党外积极分子。他是下决心跟定共产党走的。清华解放，他兴奋异常，觉得天亮了，自己也新生了。所以他热衷于参加学校组织的政治学习，把他学过的马列主义知识，在会

清华晗亭

上向众人宣讲。各种政治性的大型活动，他也场场不漏。城里召开大会欢迎世界和平大会代表归来，又举行纪念卢沟桥事变大会，整个清华没有几个人参加，总共只派一辆卡车，他也在车上。迎接解放军进城那天，他去夹道欢迎，回来时才发现，清华外语系只去了他一个人。1949 年 10 月 1 日开国大典，上午下大雨，他们是冒雨出发的。那天清华文学院的领队是余冠英，外文系的领队就是父亲。他急切地想看清天安门城楼上毛泽东主席的面孔，可惜队伍站得太靠后，看得很模糊。最后他们趟着雨水从天安门前走过，他清楚地听见毛泽东呼喊口号的声音，感到很满足。

他不是外语系领导，以他的资历，也不该有多大话语权。但是也有阴差阳错的时候。他作为青年教师，被选为教工会代表，可以参加一些小范围的会议并发表意见。1949年的夏天，清华大学为了加强专业英语师资，要招聘一名教师。消息传出去以后，应聘者众。其中包括王佐良、周珏良、李赋宁三人，这三人都是从清华出去的，前几年国共内战，他们利用这个机会到英国和美国留学，现在拿到学位，要求“归队”。同时应聘的，还有李霁野。这些人都很符合条件，系里开会讨论，大家一时没了主意。父亲发言，说了一番语惊四座的话，他是从政治角度讲的。父亲说，大家都知道，王、周、李三人，是正宗的清华人，他们代表的是清华大学外文系的传统，但这是什么传统？是资产阶级文艺的传统。而李霁野是什么人？他是鲁迅的战友，他代表的是革命文艺的传统。所以，父亲建议，要李霁野，不要王、周、李。他的发言，得到了党员教授严宝瑜、进步教授陈定民、教员何士侯的支持，他们被人称为反对王、周、李的四人小集团。事情最后弄到学校，校方觉得难以决断，就拖延了一两个月。结果李霁野等不及，被南开大学聘走了。正巧这时钱锺书先生来应聘，外语系再次讨论，父亲也参加了。为了避免争论，大家当即一致决定聘用钱锺书。所以说，钱锺书此时来清华任教，是坐收了“渔人之利”的。

如果是对别人，父亲这样讲话也无可厚非，但问题是应聘的人中偏偏有周珏良和王佐良。周珏良和父亲，不仅是表兄弟，是一起长大的“发小”，而且父亲进入清华，还是周珏良介绍的。他现在这么做，是不是忘恩负义，过河拆桥？周一良和父亲关系一直不错，他后来不只一次地问父亲，“不让珏良回来，你是怎么想的？”父亲的解释让他感到不可理解。他的夫人邓懿后来对我母亲说，“相崇这个人有些冷酷”，指的也是这件事。毕竟，他们和周珏良是亲兄弟。至于王佐良，他的夫人徐序当时是清华外文系的秘书，父亲的话肯定会传到他的耳朵里。所以，父亲和王佐良虽相识几十年，感情上从来也不亲近。

这些，父亲晚年常常反思，内心深处也有过忏悔，觉得自己一辈子很少有负于人，但是他对不起周珏良。我和父亲探讨过，在当时的情景下，他可否不做表态，不去当反对王、周、李回清华的急先锋？如果组织上做了不要他们三人的决定，他表示自己回避而不发言，哪怕他随声附和也最终同意，以后对亲友解释，也容易顺水推舟呀。但是他觉得自己当时不徇私情，甚至“大义灭亲”，的确是出于公心的。当时党的主张，就是要兴无产阶级文化，灭资产阶级文化。他是坚决跟党走的。那个时代的进步知识分子，有几人不是这样呢？

父亲知道，他原本不是这样“冷酷”的人，但是那个时代把他改变了。

他和周珏良的亲情和友情，从此断绝了。我问过父亲，五十多年来，你和周珏良来往过吗？他说没有，人家不来了，他曾经想上门去和解，但是怕遭冷遇。不过，父亲说，后来也有过一次见面。大概就是 1950 年，一天周珏良突然到他清华的家里找他，手里拿了一瓶白酒，说：“今天咱们一醉方休。”这时，周珏良已经被聘为共产党新成立的华北革命大学教师。酒过三巡，周珏良忽然说，“清华有什么了不起？你清华，我‘革大’！”父亲明白，他是来撒气的，也有炫耀的意思。那时的人，毕竟以“革字头”为荣。父亲见他找回心理平衡，反而多少得到了一点安慰。

解放初期的父亲和母亲

（六）

解放了，一切向苏联学习，俄语吃香起来。父亲由教英语转到教俄语。外文系内成立俄文组，那时曹靖华已经走了，剩下的七八个教师，政治成分复杂，于是领导就让他负责。他为了团结，让大家选择自己喜欢的课程，大家都不爱承担的课，他独自包揽。活干得比别人多，还要张罗教研组的工作安排，他任劳任怨，并无怨言。他知道自己需要带头，因为他在争取入党。

那时国家在"全盘苏化"，在学校，普及俄语也是一项政治任务。清华需要举办俄语速成班和提高班，培训全校的教师，这事由父亲负责。正巧，父亲多年自学多种外语，他总结自己的经验，创造了一套速成办法。他在清华大礼堂举行的全体教师大会上作了动员报告以后，为期三个月的俄语速成班正式开班。他主持制定俄语速成班的教学方案，还为另一个俄语提高班亲自讲课。他的学生，许多是比他资格更老、名气更大的教授，例如华罗庚、张光斗、施嘉炀、陶葆楷等，他们在学界的资望都是属于泰斗级的，但这时也都拿着小本子，每周两三次按时来听课，跟不上时，还要求补课，吃小灶；听课的也包括一些当时是青年教师而后来成了大专家的人，例如建筑系的楼庆西、陈志华等等。五十年后，我在三联书店任职，楼庆西和陈志华先生都是三联的作者。他们每每见到我，都非常客气，说他们是我父亲的学生。

懂俄语的人不多，俄文翻译家就更是奇缺。在苏联塔斯社的支持下，北京办起了一个时代出版社，编《译文》杂志，出版图书，大量翻译介绍俄苏文学。他们既缺译者，又缺编辑。经人介绍，找到父亲，想将父亲调离，说一旦去了，工资是清华的三倍。父亲留恋清华，只同意兼职。每周去两次，有稿子就做编辑，没稿子就自己翻译。这样人家也给他相当于清华两倍的工资。于是，他在几年之内翻译了300万字，迅速成了国内知名的俄文翻译家。第一次全国翻译工作者代表大会，参加者不过几十人，他就是代表之一。他在这一时期，认识了蒋路、陈冰夷、叶水夫、徐磊然、孙绳武等，他们都是时代出版社的同事或作者。后来，时代社和人民文学出版社合并，而80年代我进入人民文学出版社工作，蒋路等老编辑认识我父亲，对我总是十分亲切。

兼职期间，清华的教学工作他继续担当，要同时开几门俄文课，课时比其他教师还多。他还担任外文系的工会小组长，负责全系的政治学习。每天工作十一二个小时，节假日也不休息，忙得不可开交，昏天黑地，因为身体好，总算也都应付下来。

这样过了大约两年，1952年，“三反”运动开始。“三反”反的是贪污、浪费、投机倒把，这和学校原本关系不大，但学校正好可以利用这个运动，改造知识分子的思想。一天，父亲听了教务长周培源的报告，其中说到有一个工人在工作时间干私活，这是损公肥私。父亲想，自己在外面兼职，大概也属于这种情况吧。因为追求进步，想入党，他是一个内省力极强的人，总是检讨自己有什么地方做得不对，或者做得不够，联想特别丰富。听了周培源的话，他就认为是在说自己。而一旦意识到自己有错，他是从不给自己留情面的。例如他后来多次给党组织写思想汇报时总会提到一件小事，那就是1947年他曾经参加过一个反美活动，内容是拒绝食用美国救济粮。这件事毛泽东曾经提起，借此表扬朱自清有中国人的骨气。父亲当时也是签过字的。但是后来祖母从天津带来一袋美国面粉，家人正逢饥饿之时，他还是把那面粉吃了。这件事他几十年来一直在忏悔，说自己比不上朱自清。这一次，运动中其实并没有提及他兼职的事情，而且他的兼职也的确没有耽误本职工作，但是他毅然决然，把时代社的兼职辞掉了。

接下来，就是给知识分子"洗澡"了。原本，该"洗澡"的都是教授，大教授洗"大盆"，中教授洗"中盆"，小教授洗"小盆"，意思就是召开大中小三种规模的会议，让教授先做自我检讨，然后群众提意见，帮助教授"洗脑"。父亲是 1952 年刚评上副教授的，本应不在被"洗"之列，但不知为何他特别受重视，让他参加"洗"，而且还要洗"中盆"。钱锺书知道了，对他说，"这对你 unfair（不公平）"。他不介意，让洗就洗。他"洗澡"时，主要是检讨他有名利思想，私心杂念太重，一心想出名挣钱，以至于私下在校外兼职，不务正业等等。他和一些大教授不同，没有留过洋，解放前教书也没有开设过和马克思主义有抵触的课程，一直是个进步的青年教师，话说到这一步，也就可以过关了。

（七）

对于高校的知识分子来说，第一次真正触及灵魂的思想改造运动，大概要算是 1952 年进行的"忠诚老实运动"。这个运动要求知识分子对党忠诚，忠诚的前提是无保留地向党坦白自己的经历中的任何历史问题。虽然说是"启发自觉，不追不逼"，但是根据运动划分的四个阶段，先是动员，继而个人交代，再是组织审查，最后群众检举，人们也能看出，有问题不交代大概是过不了关的。而一旦被群众检举出来，问题性质就变了，不忠诚不老实，罪加一等。

在这样的前提下，大家都抢着坦白。那时的人都很单纯，没有今天人们这么高的理论水平和分析能力，总之，想起什么事情组织不知道，就尽量坦白，总觉得说了心里就踏实了。结果是政治问题也讲，生活问题也谈，向组织坦白成了一场隐私大爆料。一些人说了很多没用的，还担心自己说得不够。

父亲在历史上没有做过什么坏事，国民党、三青团、蓝衣社等等都和他不沾边。但是前一时期因为他的社会背景复杂，连吴晗也怀疑他是国民党特务的事情，他是早有耳闻的。他想，正好可以利用忠诚老实运动这个机会，给自己做一个清白的结论。

因此，他是认真的。本着忠诚老实的态度，他回顾了自己的前半生，重点放在他和军调部的美国人、领事馆的苏联人，以及自己周围的一些国民党人的关系上面，尽量为组织调查提供一些线索。他是和盘托出的，无隐瞒、无保留。他心里很坦然，觉得自己这样的经历，上不愧天，下不愧地，有什么不能说？

组织上果然进行了调查，结果一切都和他预想的一样。运动即将结束时，组织向他宣布，"经过调查证明，你提供的材料是可靠的，组织对你表示信任"。他听了狂喜，觉得组织真的像报纸上宣传的那样，"不会冤枉一个好人"，终于帮助他洗清了那个"特嫌"的罪名。

宣布完了结论，组织上的同志通知他说，以前他的交代材料都是口头的，现在需要他把口头材料写下来存档。

他便回家去写。这时，他忽然发现自己有一个重大遗漏。

他想起一件往事，那是他在军调部工作时期，有一个他原本在天津祖父家里见过一面的国民党军官来找他。这个人名叫许承志，现在军调部国民党方面做事，他认识我祖父，但是和父亲从无联系，甚至唯一一次见面时也没有说过话。这天他把父亲拉到一旁，很机密地说："军调部美方，有共产党在活动，郑介民很重视。有两个人，张春学和冯昌纶都是从张家口来的，你要帮我注意他们。"军调部很大，美方也有几个办公地点，许讲的两个人，父亲都不认识，也没有听说过。但他知道，"从张家口来"就是从解放区来的意思，意谓这两人是共产党。而此时许提到军统头子郑介民，父亲也方才意识到此人可能是个军统特务。父亲很紧张，既担心两个共产党员会遭到不测，又担心特务已经在怀疑自己，以此进行试探。不知如何是好，他便向民盟的领导汪骏做了汇报。汪骏也没有给出什么办法，只说敌人可能已经注意你了，要谨慎从事。

这时，父亲想了一个"万全之策"。过了几天，他主动去找许承志，对他说，"你要我了解的情况我了解了，张春学和冯昌纶在××街××号办公。"他提供的地址，就是军调部美方的一个公开办公地址，这是在报纸上都能找到的，当然也是许承志早已熟知的。他想用这种方法搪塞特务，让特务认为他是个无用的笨蛋，以后不再打他的主意。果然，从此以后，许没有再找过他。但是父亲还是为那两个共产党员揪心。

几天之后，苏联领事馆举行一个酒会，军调部中共方面的领导叶剑英等都来参加。他看见中共代表李克农和荣高棠两人坐在一张长沙发上，就凑过去对两人说，“军统特务盯上张春学和冯昌纶两人了”。荣高棠和父亲过去就在苏联领事馆见过面，知道他的身份，他只说了一句话：“要慎重。”不知他是对李克农说的，还是对父亲说的。

以后，荣高堂是如何处理这件事的，父亲没有机会再问，但是他心安了。

这样一件事，父亲在忠诚老实运动中没有交代，因为他原本没有当回事情。但是运动后期忽然想起，他越想越觉得是一件大事。他不想对党隐瞒，于是他决定写在自述材料里面。但是这时，运动组织的查证工作已经结束，他所补写的一段材料，成了未经证实的历史问题。

父亲当时绝对想不到，这条自述材料对于他和他的家庭，是一颗预留的定时炸弹，在十几年后，这条材料影响了全家人的命运。

我母亲后来谈到此事时，对父亲抱怨不止，说：“他就是屎盆子往自己脑袋上扣。”

听来可笑，但细想母亲说得不错。对这种事情，在运动中原本可以有两种办法：

一，不说，一字不提，因为这根本不是问题；

二，当作功劳来说，换一个角度，强调自己及时向中共领导人反映特务动向，提供有价值的情报。

但是父亲太老实了。他不懂得如何给自己脸上贴金。他只知道不能说假话，但他不知道真话也不能全说。他是竹筒倒豆子似的说了，结果引起的麻烦太多了。

（八）

父亲教俄文，曾经有过一个短暂的黄金时期。那时全盘苏化，俄语被国家规定为第一外语。人们向往苏联，崇敬苏联，希望了解一切和苏联相关的事情。学生们对学习俄语热情极高，许多人从英文班转进俄文班。英文课的教师则比较受冷落。有一次钱锺书先生上英文课，他的学生却在课堂上建议他讲一讲俄苏文学史。钱先生说，"我不懂俄苏文学，如果你们要开这门课，我可以帮你们请李相崇先生来讲"。

父亲对钱锺书先生给予的认可颇有几分得意，晚年他不止一次和我提起这件事。那时父亲的确希望成为俄苏文学专家，他翻译了很多俄苏文学理论，包括高尔基、别林斯基的作品。不过，他的译作中最为畅销的一本，却是政治理论类的图书，题为《苏联怎样消灭阶级和阶级差别》。这本书被作为"干部必读"的理论著作，连印数版，党内高干人手一册。在今天看来，它的内容可谓一派胡言，父亲的工作，大概也算是"流毒甚广"吧。

父亲是热爱文学的。他知道要当翻译家，必须强化文学修养。我记得我的童年时代，父亲是嘴不离烟斗、手不离书的。那

《苏联怎样消灭阶级和阶级差别》

时家里的书很多，都是文学一类。父亲不仅读俄文、英文的小说，也读中国当代小说。国内一有新的长篇小说出版，他必定第一时间购买阅读。我和两个姐姐，从小都跟着父亲看一样的长篇小说，从《林海雪原》《青春之歌》《红旗谱》，到《红岩》《三家巷》《苦斗》，父亲读后，常常和我们议论书中的情节。文学是父亲的兴趣所在，教文学课程，翻译文学作品，那是他的文学梦呀。

但是很快他就发现，在专业方面，他与文学失之交臂了。

1952年，国家按照苏联模式对高等院校实行院系调整。调整的初衷是为了更为有效地培养社会主义建设中的工程技术人才。要建立若干个工科的专业学院，如航空、石油、钢铁、矿业、地质学院等等，为此需要拆分和重组原有的综合性大学。多所原来由文、法、理、工、农、医数个学院组成的综合性大学，变成了只有文理两科的学校。在调整中，文科不再受重视，特别是和意识形态相关的学科，如政治学系、社会学系更是纷纷被关闭。谁让这些学科整天都在讲授资产阶级的思想理论呢？

在院系调整中，清华大学被肢解的幅度极大，它索性变成了一所只有工科的工业大学。而在其中，外文系的教师受伤最深。清华大学外文系，过去是名师云集的地方，这从《清华名师风采录》一共收录几十人，外文系独占 16 人便可略知一斑。清华外语系的强大，是当时的北大、复旦、燕京都无法相提并论的。我到三联书店工作以后，和杨绛先生多有接触。杨先生是老清华，对清华感情极深。有一次我去和老人家聊天，杨先生对我说，当时她和钱锺书先生认为，中国大学里，外文系最好的就是清华，所以他们才决定去清华教书。

但在这时，父亲留恋的不是清华，而是文学。院系调整的信息公开以后，让他报志愿，他填写了六个大学：北京大学、复旦大学、北京外语学院（今北京外国语大学）、南开大学、武汉大学、吉林大学。他唯独没有填写清华。这是因为，他填写的六个大学都有独立的外文系。父亲希望继续做外国文学研究，而调整之后，清华大学外文系撤销，学校将另行组建一个外语教研室，负责全校工科学生的公共外语。如果留下，他将变成一个语言教书匠，而不是文学专业的教师。

正在他满怀希望地等待，已然做好搬家准备的时候，一天，清华教务长周培源来到他家里，向他宣布，校方已经决定，将他留在清华，担任外语教研室主任。周培源对他说，这是领导上对他的信任，相信他有这个能力，领导好教研室。因为除了业务好以外，他在政治上也很强。他听到这样的话已经不是第一次了。清华的党委副书记艾知生早就说过，“李相崇的马列主义理论水平很高”。另一位党委负责人吕应中也说过，“李相崇的政治素质好”。那大概是因为他读马列的书，比起那批党委干部多多了。他甚至曾经被抽调去社会学系教政治课，给《资本论》的翻译者王亚南当助手，讲马克思主义政治经济学。现在他明白了，是他的政治优势决定了他的命运。在接受这一组织决定时，他内心是矛盾的，苦涩多于喜悦。他意识到，他的命运从此改变了。他需要牺牲个人理想，支持党的事业。尽管在当时，他也感到有几分光荣，但是随着时间的推移，随着他所遭遇的一连串事件，最后留在他心里的只剩下永远的苦涩。

（九）

他刚担任外语教研室主任时，可以说是顺风顺水。在所有教师中，他的级别最高，业务能力也最强，大家都比较服气。他也有一定的组织才能，工作安排得心应手，井井有条。组织上对他是非常倚重的，教研室里虽然有党员副主任，但业务上基本都听他的。

他的工资年年涨，住房也由小换大。清华园胜因院，那是抗战胜利后才新建的一片别墅型洋房，或独门独院的宽敞平房，或两层带院落的小楼，一共只有40座。1952年，父亲以副教授的身份，带着一家五口，住进了其中一座两层洋楼。那原先是外文系大教授盛澄华的府邸。有些比他年资老得多的教授尚且没有这样的待遇。他们有些酸溜溜地说："李相崇，红得发紫呀！"

清华大学胜因院一景

父亲在俄语教学上是倾注了满腔热情的，他有责任心，要带出最好的学生。可是他的学生已经不是俄语专业的学生，而是工科学生了。他用自创的速成方法，训练他们在大学毕业以前，可以独立阅读俄文图书，特别是要有能力查阅俄文专业资料。他这套方法后来在国内高校进行过推广，曾经很有一些影响。

他是安心于自己的工作岗位的。他觉得自己在工科大学里教书，也要懂得一点自然科学知识。所以他工作之余，也会拿出时间来自学数学和物理。人家觉得奇怪，但他说学点理科，可以训练思维。直到60年代，我大姐进了大学，父亲有时还会和她讨论高等数学问题。他聪明，悟性和记忆力都好，学过的东西就不忘。记得1973年，工农兵学员高考，张铁生交了白卷以后，江青指示迟群，要杀一下资产阶级教授们的威风，在清华设考场考教授。结果考试把很多老教授"烤煳"了，特别是一些文科的教授，也交了白卷。那次考试父亲也被叫去参加，他居然考得不错，自己甚至为此还颇为得意呢。

但是文学对他来说，从此成了业余生活的一部分。他还在继续做翻译，给《译文》翻译文章，给作家出版社、人民文学出版社译书。很多当年译过的东西，用的是什么笔名，他自己后来都不记得了。80年代，我到人民文学出版社当编辑，父亲忽然想起他当年用过的两个笔名，让我到出版社资料室查查。我一查就找出两本书，都是俄国文艺理论著作，而且都是1956年以前出版的。我问他，后来为什么没有了？他说，1956年以后，他的文学翻译就基本停止了，因为害怕长此下去影响不好。当时批判白专道路，他在外面搞翻译，有些人提意见，认为这就是白专道路的典型，他于是痛下决心，洗手不干了。他的文学专业梦，到此结束。

学校仍然是重用他的。1956年，校方提出要给他升教授，让他交著作材料。他填了表，交上几本译著。但是他诚恳、谦虚，想了几天之后，他对领导说，"评教授是要有原创著作的，我这些都

在胜因院 34 号新居客厅前

是译著，不够条件，不必评我”，于是主动撤出评审。同一年，高教定级，给他评级时，评委会和他商量，他问：王佐良、许国璋、周珏良、李赋宁他们都定几级？回答说他们都是三级。父亲说，那我就定四级吧。评委中有人认为，父亲应该和他们几人一样，但是父亲说，自己低一级才比较合适。虽然如果从本科毕业算起，他和那几人年资相当，但是人家都是留过洋的，他则是没有出过国的土包子。抗战胜利后，王佐良他们去英美留学时，父亲本来也可以有机会争取到英美留学的奖学金，但是他反感英美，不肯去；他想学俄文，而苏联又去不成，后来终于有一个“曲径通幽”的机会，他被美国哥伦比亚大学俄文系录取，去美国却能学俄文，这令他神往。但是没有奖学金，家里又拿不出钱，最终未能成行。他这个国产的外语教授，没有洋学历也是此生的一大遗憾。直到1982年，他才有了一生中唯一一次机会走出国门，到英国去访问7天。在伦敦，他用英语演讲，说一口纯正漂亮的英语，结束后当地人问他，是牛津还是剑桥毕业的，他报以苦笑。

定下高教四级以后，有领导不知是他自己要求的，还怕他有情绪，安慰他说，“放心吧，很快，你就会追上他们几位。”他其实并不在意，但是他也没想到，因为后来的变故，他这一追，就整整追了24年。

（十）

“反右”运动开始了。按理说，父亲不至于在运动中挨整。他信奉马列主义，真心拥护共产党，一直是政治上的积极分子。虽然有群众说他搞翻译是走“白专”道路，但是他知过就改，这方面的意见已经平息了。他和党员干部相处得也很好，教研室里的党员，对他都很尊重，他也不会像有些被打成右派的教师，是因为对个别党员有看法，发牢骚惹祸。他一直在争取入党，主观上希望向党靠拢，哪有那么多意见可提呢？尽管入党始终不能如愿，也是因为自己不够条件，怪不得人的。

但是他仍然说了错话。并不是为了讨论那些具体工作问题的是是非非，而是因为他喜欢在理论问题上和人较真。

教研组开会讨论知识分子思想改造问题。那时大家普遍接受的理论，是旧社会过来的知识分子，都需要脱胎换骨，重新做人，彻底改造世界观。理论依据是，毛主席讲过，知识分子是附在资本主义的“皮”上的“毛”，新中国成立后，“皮之不存，毛将焉附”？所以要接受无产阶级的改造。这个观点，已经是新中国成立后几年来的流行说法了。当会上有人继续发挥这个观点时，父亲开口了，谈了一点不同意见。他说现在这个说法可以变一变了，因为经过解放后几年的改造，现在的知识分子已经附在工人阶级的“皮”上了。其实他的说法是有依据的，他平时很注意政治学习，清楚地记得，1956 年 1 月 14 日，在中共中央召开的“知识分子问题会议上”，周恩来总理以他特有的亲切语调，做了报告，其中谈道，“知识分子中间的绝大多数已经成为国家工作人员，已经为社会主义服务，已经是工人阶级的一部分”。或许，是他没有直接引述周恩来的原话，而只是说出了自己对问题的理解；或许，是他的发挥直接针对了伟大领袖的一个著名论断，结果引起一片哗然。当场他就遭到了严厉的批判，被认为是拒绝思想改造，“资产阶级知识分子的尾巴又翘起来了”。

不过，这个错误并没有使他遭受灭顶之灾，因为毕竟周恩来总理说过类似的话。他的此次发言，没有被扣上政治帽子，只是被定性为认识错误。但是，另外一次讨论上的发言，却让他无论如何也难逃其咎了。

1958 年，反右运动已经过去了，但党内整风依然继续。父亲作为教研室主任，仍然主持各种有关整风的会议。一天，教研室的上级主管单位基础课教学部党总支副书记对他说，匈牙利事件中，发生了很多共产党员被反革命分子吊在树上的事。现在清华里面，也有别的系在讨论，如果这种现象发生在中国，如果清华的蒋校长被反革命分子吊在树上，会不会亡国亡党？副书记希望他组织开会讨论，父亲照办了。

会上，大家七嘴八舌，议论好不热闹。很多人在联想，如果蒋校长被反革命分子吊在树上，那说明反革命活动很猖獗，被吊起来的肯定不是蒋校长一个人，那将是千百万人头落地呀，当然就要亡国亡党了！这个观点最终成为讨论会的主流看法。

父亲做总结，他是做了冷静思考的。他说："蒋校长和革命事业相比，只不过是沧海之一粟。所以'蒋校长上树'和亡国亡党根本联系不起来。"

他没想到，这一下捅了马蜂窝。当时散会，大家没有再说什么，可是第二天，大字报铺天盖地而来。在他们办公楼前，有一个篮球场大的空场，平时大家都在这空场的四周贴大字报。第二天，父亲去上班时，忽然发现，大字报区的所有大字报都是针对他一个人的。还有人贴出标志，这里叫做"李相崇的西瓜园"。

他顿时就觉得，这件事背后是有人组织的。他落到陷阱里了。他并不觉得自己说错了什么，但是大字报把他批得体无完肤。如果光看大字报，不听他自己解释的话，那他简直就是一个中国的匈牙利事件的制造者，杀气腾腾地要把蒋校长吊在树上！

事后多年，父亲无数次地反思自己这一天的说法，是不是有什么失误，也多次和我们讨论这件事。我大姐夫是个有党务工作经验的领导干部，父亲比较信服他的意见。但大姐夫说，这个问题根本无解，拿出来讨论，是无法回答的。蒋校长被吊在树上，你说没关系肯定不行；但是你说因为这样就真的亡国亡党了，恐怕也不对，因为毛主席、周总理毕竟还在呀。

大家比较一致的看法，认为这是一次测试，测试父亲，当然也是测试大家对于蒋校长的忠诚度。

父亲显然没有通过测试。领导上对他失望了。他被大会小会批判了几次。好在此时“反右”运动已经结束，该戴帽子的右派都戴过了，他没有当上右派，只是被插了“白旗”。

他的群众威信扫地，主任当不下去了。他提出辞职，因为他知道自己不辞职就会被免职。他的教研室有两位党员副主任，一位名叫马迅，另一位名叫李宗福，都是解放前入党的老党员，他们力保父亲继续当主任，到上级党委据理力争，不但没有效果，反而受到批评。

紧接着，学校党委开会，各系各教研室领导参加。主持工作的党委第一副书记谈到近期思想斗争动向，提到父亲的名字，说“李相崇是没戴帽子的右派”。马迅和李宗福都在场，他们当场站起来和这位副书记辩论，批评他的说法是不负责任的，“只有戴帽子才是右派，没戴帽子就不是右派”，弄得副书记一时很尴尬。事后，党委做出组织处理，马迅和李宗福都被撤职，并受到党内处分。他们两个人和父亲，被定性为“三人小集团”。

为了自己的事情，牵连了马、李二人，父亲一直心存歉疚，但是他连自己都救不了，如何救人？马、李二人，自知在清华难以翻身，不久之后，两人都相继调出清华。

（十一）

1958年，是父亲政治命运的转折点。从此他不但不再受组织信任，而且成为群众眼中的“老右”，是随时都可以拿来做批判对象的。他在清华，作为正面人物的时代结束了，下面无论怎么演，都是反派角色。

教研室主任不做了，家里的电话立即被拆除，这没有什么，他还可以当教师。然而不久以后他发现，很多课都不让他教了，特别是60年代他格外重视的英语师资班的本科课程，也不让他教了。他更多地做起了辅助性的工作，比如给外系的工科教师翻译些英文、俄文、日文材料之类。他虽然不是右派，但“享受”的待遇堪比右派。他后来说，从1958年以后，一直到粉碎“四人帮”，总共有十七八年，他在清华没有做成什么正经的业务工作。这对他这样一个高级人才来说，是多大的浪费！但是他毕竟想得开，心理善于调节，没有书可教，他就打太极拳，看小说。1960年，他居然还学了一门新的外语——捷克语。

但受影响的不只是他本人。我母亲的变化也可谓天上地下。母亲和父亲是同学，也是南开大学英语系毕业的。早年因为孩子拖累，一直在家，直到1954年才参加工作。当时清华没有正式员工岗位，母亲只能以临时工的身份到清华职工夜校教书，每晚上课，开扫盲班，教工人识字。因为父亲那时大红大紫，一年以后，母亲便被校长办公室正式录用，成为英文打字员。那时她成天出入清华工字厅，跟随校长左右，工作接触机密，显然是受到特殊信任的。然而1958年父亲刚被免职，母亲就接到下放的调令。她被调到机械系所属校办工厂的焊接车间，当仓库里的工具保管员。这种安排无疑带有惩罚性质，也是一种变相的降级使用。母亲和父亲夫妻二人，真可谓一荣俱荣，一损俱损。

我是1959年进入清华附小的。当时父亲刚刚挨过整，在清华园里名声很臭，老师和同学们的家长都知道。我那时已经开始有了荣辱之心，懂得有一个好父亲才是自己的光荣，常常羡慕别人的父亲比自己的好。整整六年，无论在同学、老师面前，我都害怕提起父亲。所以我的小学生活，一直十分压抑。除此之外，我一方面因为自己身体瘦弱，另一方面因为家庭背景有“问题”，也常常被同班的工农子弟和干部子弟欺负，挨打和被孤立，是常有的事情，这使我内心常怀怨愤。清华附小是一所很好的学校，它虽然为我打下了良好的知识基础，却没有给我留下多少美好的回忆，以至于学校筹备百年校庆，几次来电向我约稿，我竟然写不出。

至于我大姐，她上大学的事对我们全家一直是个待解之谜。大姐的学习一向非常棒，初中毕业和高中毕业，分别获得北京市中学生金质奖章和优良奖章，这在当时是很罕见的荣誉。1960年，她以优异成绩毕业于北京101中学，高考时填报志愿，受母亲一家乃医学世家的影响，选择了农医类大学。第一志愿是中国医科大学（今协和医大），第二志愿是北京医学院（今北医大）。高考发挥正常，并未失手，却被第四志愿北京农业大学（今中国农大）农学系录取。这个结果打碎了她的医生梦，也决定了她一辈子的人生走向。录取通知书寄来时，父母都大感意外。他们认为大姐一定是复习准备不足，考试中一定有自己未能发现的失误。但大姐一再说，她每考完一门，都和同学对过答案，答题绝对没有什么大错，因而备感委屈。那天的场面至今我仍记得很清楚，父亲没有多说，但母亲一直在埋怨，而大姐一直在呜呜地哭。有些问题，当时他们意识不到，但后来都真相大白了。随着越来越多的当时高考录取个案材料的披露，人们发现"反右"运动以后，政审在大学招生中的作用变得非常重要，"红五类"和"黑五类"的子弟，是不能一视同仁的。大姐被分配到农大，与父亲挨整肯定有关。

（十二）

关于"蒋校长上树"这样一句话使自己挨整，父亲有很长时间想不通。他是有一定理论修养的人，喜欢从理论角度死抠，怎么想，都觉得自己的说法没有错。但是几年以后，一位校领导的谈话把他点醒了。

那人是清华大学党委副书记，名叫李寿慈，是个知识分子出身的老干部，温文尔雅，待人比较亲切，父亲过去与他感情不错。挨整以后，父亲的社交活动很少，是个"人嫌狗不待见"的角色，一

1961 年，在清华大礼堂前

般人不愿继续和他来往。春节拜年，他去看望一些老朋友，常有被挡驾的时候。这时他去看望李寿慈，居然人家没有闭门谢客，已经令他有几分感动。

李寿慈和他促膝长谈，作为党委领导，那是一次很严肃认真的思想工作。谈到“蒋校长上树”，李寿慈说，“你说的那句话不是理论错误，但是，你让校党委寒了心呀，你这么说，让蒋校长怎么想？党委重用和培养你这么多年，你居然讲出这么没有感情的话！这是个阶级感情问题。你想想看，同样的话，工人、农民说得出来吗？他们对党怀着朴素的阶级感情，是绝对不会这样说的。所以你还是要向工农学习，要转变你的感情呀”。

这一番话，让父亲有所领悟。说自己在理论上没有错，但是对党的感情淡薄，这个解释他能接受。他是极有内省力的人，谁能点到他的死穴，他就认账。他承认，阶级出身决定了自己的感情没有工农那么“朴素”。

以今天的眼光来看，我们反思“左”倾思潮泛滥时期制造的大量冤假错案，其实都是以思想治罪的结果。运动中说了真话，表达了不同的思想，就被打成右派，甚或成为反革命分子，被整肃几十年，这是因为运动的领导人要求统一思想，“舆论一律”。但是我们还没有听说过另有一条标准，叫做“感情一律”，也没有听说过以感情论罪的事情。

但当时，在清华是特别要讲感情的。对蒋校长，对校党委，对工农都要有感情，当然对毛主席更要有感情。

有两件小事，更让父母意识到感情的重要性。

母亲到焊接车间以后，她单位里的一位姓潘的党支部书记，住在我家后面的七公寓里面。因为住得近，常到我家串门。一来二去，我们全家都和他熟悉了。我管他叫潘叔叔。

我大概六七岁时，家里没有什么玩具，我喜欢玩“绷子弹”。就是用一根橡皮筋套在左手的拇指和食指上，然后用纸叠成“子弹”套在皮筋上面，右手一拉，就把“子弹”绷出去。练得多了，也绷得很准，指哪儿打哪儿。

有一天，潘叔叔来了，我倚在他怀里，绷“子弹”玩。我忽然指着墙上的一个镜框，说，“潘叔叔你看，我绷那个镜框”。潘叔叔顿时脸色变了，按住我的手说，“不要胡闹，那是毛主席像”。

我其实已经懂事了，知道不能对毛主席不敬，但是我当时实在没有意识到，镜框里镶嵌的是毛主席画像呀，而且我分明说的是：“我绷那个镜框。”

1964年，全家福

潘叔叔把这事告诉我父母，他们紧张极了，吓得面色惨白。潘叔叔批评他们对孩子缺乏教育，他们只能认错。

后来，一直到我长大成人，父母无数次地引证这件小事来教育我，说我从小就对毛主席没有感情，还给他们惹祸。我心里委屈冤枉，但争辩也无济于事，他们相信潘叔叔的话。

另一件事，和姐姐上大学有关。

姐姐被分配到北京农大，母亲那天抱怨姐姐，我的印象极深刻。有一次潘叔叔来我家，聊天时谈到姐姐上大学，潘叔叔问我，“你妈妈高兴吗？”我不知轻重，顺口说，“高兴什么呀，妈妈那个骂呀”，说完还做个鬼脸。

潘叔叔后来严肃地批评母亲，说这是个工农感情问题。母亲自然要埋怨我又给她惹麻烦。后来，父亲和母亲大概意识到了利害，一些真话不敢再当着我说了。他们给我传达的都是冠冕堂皇的思想，比如“长大了当工人农民最好”之类。

我接受了他们的正面教育，内心里真觉得工农光荣。小学四年级时，老师要求我们写作文，题目是“我的志愿”。同学们一个个志存高远，长大以后，有的要当科学家，有的要当作家，有的要当医生，有的要当教师，有的要当解放军，不一而足。全班 60 个同学，只有我一个人表示，我要当一个新型农民，开着拖拉机驰骋在绿色的田野上。老师在课堂上读了这篇作文，但大家都觉得怪怪的。

（十三）

1966 年，“文革”席卷全国。清华和北大一样，可以算是“文革”的发源地。聂元梓贴大字报时，清华就有人响应，矛头针对校党委。本来，这次运动的重点，是“整党内走资本主义道路的当权派”，父亲一不是党员，二不是当权派，走什么道路跟他都不沾边，他不认为自己会有什么灾难。

6 月 1 日，《人民日报》发表“横扫一切牛鬼蛇神”的社论，清华学生正式行动起来了。6月2日，一群校党委领导被押解到二校门前批斗，学生让他们每人表态，低头认罪。又是1958年点过父亲名字的那位党委第一副书记首先讲话，他讲得不多，承认了自己的一些工作失误，可是其中竟然又提到父亲。他说，“我有罪过，我包庇了李相崇，他是个漏网右派”。那时为了搞运动，家属区都安装了高音喇叭，父亲站在我家门前的院子里听批斗会的实况。听到这里，他快步走进屋里，对我们说，“这回，我又要挨整了”。

“文革”初期是造反派当权，他们是老账新账一起算的。他们查阅了父亲的档案，给他定了一大串罪名。“资产阶级反动学术权威”是最好听的说法了，结合他的历史，他还是“漏网右派”“苏联间谍”“特务”“告密者”。至于这最后两条，就和他忠诚老实运动中写的自述材料有关。造反派认为，父亲曾经出卖了两个地下党员。

8月里，我家被连续抄家两次，造反派临走时，还在屋里贴满“坦白从宽，抗拒从严”一类的大字标语。其中有一次抄家时间达三四个小时，把柜子和抽屉里所有的东西都丢到地上，目的是寻找发报机。那天我的两个姐姐都不在家，造反派决定把我作为审问的突破口。他们把我单独关在一个小屋里面，让一个面容和善的女红卫兵与我做循循善诱的谈话，重点还是追查发报机和凶器，比如枪支和刀具。那女红卫兵首先承认我是革命队伍的一员，希望我反戈一击，“老子反动儿背叛”，但是我用一连串的“不知道"回答了她。并不是我有多么坚贞不屈,我其实是真的不知道父母的事情,那时我才 14 岁。但父亲是认罪的,尽管他并不承认那些具体罪名,可是他在抽象意义上接受自己有罪。对于抄家他配合,他甚至主动到厨房里,把菜刀和炉灶上用的粗大铁通条找出来,作为凶器交给造反派。

没有找到他们想要的罪证,造反派宣布了一条"最后通牒",限父亲三天之内交出一万元作为"文革"活动经费,否则就抓人。那时的一万元可是个大数字,一般人家里,恐怕连几百元的存折都没有。父亲虽然过去搞翻译,挣过几万元的稿费,但是三年困难时期,恰逢母亲患肝炎,为了给母亲滋补身体,父亲经常在黑市买高价肉、高价糖,把钱都用掉了,现在存折上只有 1700 元。凑不够,怎么办?母亲找出她的首饰盒,那里面有些金项链、钻石戒指之类,最珍贵的是一对翡翠手镯,那是我祖父家的传家宝,父母结婚时,祖母亲手传给母亲的。这对手镯我见过,碧绿碧绿的,色彩极艳丽。如果放在今天,应该是个天价。为了父亲不被造反派抓去受折磨,母亲狠狠心,把存折和首饰一起交了。这一交,便是永远的失去。十年以后,"文革"结束,退回抄家物品时,存折尚在,但首饰盒却无影无踪。后来母亲每每提及此事,总是心痛不已。

由于党委领导在第一时间提到父亲,所以父亲挨斗的规格被提高了,不仅在系一级,也在校一级挨斗。每次斗争蒋校长,或者斗争校党委领导,父亲都要陪斗,低头"坐飞机",一站几个小时。

他倒是没有挨过打，因为他身体好，能站得住，低头的姿势也比较规范，没让造反派感到“不老实”。但是这本事也不是天生的，而是练习的结果。他怕在批斗会上坚持不住，经常回家自己摆出“坐飞机”的姿势，练练腰身。我回家若是看到这种景象，心里就像翻倒了五味瓶，不知该如何面对。

“文革”期间，母亲最怕的是父亲自杀。有一个阶段，清华的教师们经不住迫害，多人自杀。今天小树林吊死一个，明天荷花池又淹死一个，触目惊心的消息总是不断。那时父亲正在被劳改，天天早出晚归，在清华园里做清洁工。没有固定的劳动场所，也没有固定的下班时间。晚上十一二点，若是还不回来，母亲就坐不住了，急急让我去找。有时我都睡着了，母亲把我从被窝里拎出来，让我去看个究竟。我通常要先去湖边看看，因为那里自杀的人最集中，然后骑着自行车在校园里转上一大圈，一旦发现劳改队的踪影，心里就长舒一口气。后来父亲对母亲说明，“你不用担心，我永远不会自杀。如果我自杀，我的事情就搞不清楚了。我还不想不明不白地死”。

（十四）

运动经过一段时间以后，父亲在造反派眼里，已经没有什么油水可榨了。政治上审不出东西，经济上能交的钱和首饰都交了，工资也扣了，每个月只给他发放 30 元生活费。目前唯一剩下的，就是那座大房子。

造反派组织分房了。他们说，你们家四口人(那时我大姐已经去了新疆)，住六间房，而清华很多教师和工友，还一家人挤在一间屋里，你们要腾房子给他们住。说得在理，父亲没有意见，二话不说，把楼上的两间腾出来给了另一家人。没过几天，造反派又说，你们住楼下四间还是太大了，要再腾两间。父亲也无言地接受，把西边的两间又腾给了另一家人。这时，我家只剩下东边的两间小房间，总共20平米，四口人住，已经很挤。原来的一座别墅型两层小楼，安排住了三户人家。按理说，这回可以消停了，可是过了几天，造反派又来人说，你们不能在这里住了，要换到清华西院去，和那边的一家人对换。父亲去西院看了一下，那边是两间东厢房，也是20平米。为什么要换？原来的理由是我家占面积太大，这理由现在不成立了。但造反派不和你讲理，他们的意思是惩罚你，你现在住的房子，新一点，质量好一点，他们看了不舒服，要你换到破房子里去。父亲也不争辩，换就换。

一个巧合是，西院两间和我家对换的房子，它的主人正是我小学的同班同学一家，而那同学还恰恰是我很好的朋友。对换的理由，只因为他爸是清华大学车队的汽车司机，而我爸是教授。换房那天，我们两家对着搬家，我和那同学还互相帮忙，有时我搬他的，有时他搬我的，弄得还挺亲热。父亲知道此事后，说，“好，你要记住这件事，这对你是一个教育”。

我当时没有问明他的确切意思，为什么对我是一个教育？但我猜想，以他当时的心态，他一定觉得我应该懂得，长大以后，做工人比做教授好。

因为搬家，房子越变越小，家里的东西没有地方放，都要处理。我就承担起了卖破烂的任务，把废品公司的板车叫来，把家具一件一件往外扔，给个价钱就可以拿走。三件套的大沙发，只卖 20 元；四个紫檀木的雕花大衣柜，每件只卖 80 元。父亲最心疼的是他的书，他原本收藏了许多中外小说，保存有从创刊以来全套的一两百本《译文》（今《世界文学》）杂志，此时全部被我当作烂纸处理掉了。这也是无奈之举。他最后只保留了几本外文词典，以及外文版的马克思、恩格斯、列宁的著作。

1969 年，大姐带孩子到西院 35 号探亲

新家是两间东厢房，门窗不严实，四面透风，母亲形容那就像一辆破汽车。我们一家四口住进去，当时我和二姐都已长大，二姐 19 岁，我 15 岁，住在一起已不方便。于是母亲决定，男归男，女归女，我和父亲住一间，母亲和二姐住一间，这个家成了两间男女宿舍。房子原本就漏缝儿，1976 年唐山大地震，又把它震开了一条大口子，垂直的两面墙之间开裂，从屋里透过裂缝可以看见外面的天空。山墙也倾斜了，于是学校找来木桩子，在墙后面做起支架。这两间破房子，父母住了整整 10 年。

“文革”后期，工宣队进校以后，父亲的一些问题不再被揪住不放。“漏网右派”不提了，“特务”“间谍”的罪名也一风吹了。工宣队搞了外调核查，但父亲军调部期间的事情，因为当事人都不在了，死无对证，特别是许承志要他提供地下党员情况的事情，忠诚老实运动中没有来得及作结论，此时工宣队给出了一个结论，定性为“一般政治历史问题”。但是结论写得十分简单，只说父亲“在军调部美方担任翻译期间，曾向国民党特务提供两个中共地下党员的地址”，并没有说明，这个地址是公开的，是特务原先已经知道的。父亲提供这个地址，只是一个策略，甚至可以说是使用了障眼法。结论中更没有说明，父亲曾经向民盟领导报告，更向中共方面直接传递了这一情报，不是有过，而是有功。结果这个结论，后来变得可以任意解释和联想，留下无数后患。

“一般政治历史问题”，在所有历史问题的结论中是最轻的。其实，父亲原来是根本没有政治历史问题，这个麻烦是他自己的“忠诚老实”找来的。但是时至今日，能够如此从轻发落，他也认了。没有多想，他对这个结论签了字。

（十五）

1969年以后，我们的家变得四分五裂。大姐1965年大学毕业早已去了新疆；二姐1968年年底到内蒙古插队；1969年4月，我去了吉林插队；6月，母亲跟着清华大学的大批员工去了江西鲤鱼洲“五七干校”；北京的家里，只剩了父亲一人。一家五口分作五处，家已经不再是家。其实，父亲因“开门办学”，也被安排到北京一家钢铁厂参加劳动，平时住在工厂里，也只有周末才回家。所以那两间“破汽车”式的房子，基本空着。

原本我是可以不下乡插队的，有两个理由。一是当时已经出台了父母身边可以留一个孩子的政策，我符合这一条；二是我在1966年患了一种要命的病：淋巴肉瘤，也就是人们常说的淋巴癌。手术和放疗之后，医生给我开了证明，要求我5年免体免劳，当时还不到3年。其实在医生看来，我大概是终生不能参加体力劳动的。这种病凶险，5年存活率很低。我有一次在邻居家，偶然见到一本《苏联大百科全书医学卷》，自己翻开来一查，顿时心惊肉跳，书上说患我这种病的人“一般生存时限为四至六年”。但是处在“文革”期间，我在家养病，成天看着父亲挨整挨斗，心情压抑，度日如年。我从小性格反叛，从来就不大听父母的话，这时我便想到了逃离。放疗还没结束，我就自己搬着行李，跑到学校里住校，参加“文革”，跟着红卫兵们摇旗呐喊去了。到了大批知青下乡插队的时候，原本学校知道我的情况，特地帮助我联系了一个工作单位，就是北京颐和园，到那里是当园丁。但我不想留在北京，我想远离家庭，远离我这个倒霉的父亲，摆脱他的阴影。于是我偷偷拿着户口本，到派出所把自己的户口转移到吉林白城地区农村。母亲知道这件事后，哭得死去活来，她觉得以我的病弱之身，八成我会死在农村。她捶胸顿足地自责，为什么没有把户口本锁起来，但是父亲闻知此事，相对平静。他大概看透了我的叛逆之心，只对母亲说，他要独立去闯，让他去吧。

我临下乡前，父亲与我谈了一次话，说得很动感情，话语分量也很重。大意是，你去了东北，要好好干，你这一辈子，恐怕只能靠你自己了，我大概帮不了你什么忙。

我想，他对我可能心怀歉疚。作为父亲，他不但不能庇护我，反而使我受到拖累，由此而决定了我今后的命运是那么不确定，前途未卜，而他却爱莫能助。他内心的滋味是不好受的。但是他不是一个善于表达感情的人，他的话总是不多，而且说得小心翼翼，生怕我的感情再受到更多伤害。

我在东北，从下乡插队到读书、工作，总共待了将近十年。每年冬天回家探亲，再返回时，父亲都要到火车站送我。最后的几年，父亲已经年过六十，依然是帮我拎着沉重的手提包，转乘三四次公交车，来到北京站，一直把我送到车上，帮我把行李放好，再和我握手告别，拍拍我的肩膀，说一句“好好干”之类的话。有时我们一路无话，他只是默默地和我坐在一起。我也并不想和他交流，只是一心想奔赴广阔天地，去享受我的心灵自由。现在想来，父亲当时看到我的样子，他的心情一定非常复杂。父亲去世后，我思念他，脑海里浮现得最多的，就是这一场景。我会情不自禁地联想起龙应台的《目送》和朱自清的《背影》。我常常自责，当时我对他怎么不能多一分体谅和理解呢？

（十六）

母亲去江西鲤鱼洲以后，父亲孤身一人，生活没了依靠。他是个书呆子，生活能力差，衣食住行从来都靠母亲照顾。现在他的方寸全乱了。周末回家，自己不会做饭，只能拿着个饭盒往食堂跑，就像吴宓先生在日记里记述自己晚年的情景一样。这样的

1979 年，母亲在鲤鱼洲养鸡

日子过了半年，父亲就受不了了。

有一次教研室开会，大家暴露“活思想”，父亲又说了几句真话。他说现在“虽然人未亡，但是家已经破了”，自己一个人，“常有孤独和凄凉的感觉”。这番话引来了众人批评，说他散布的是资产阶级情调。在社会主义祖国，怎么能感到孤独和凄凉呢？那是你的思想没有改造好，和工农大众格格不入呀。

父亲不服，他心一横，主动要求到江西鲤鱼洲“五七干校”和母亲团聚，组织上很快批准了。你想下放劳动，还能不允许吗？

但是到了江西，父母仍然是不能团聚的。干校根据原先学校的系别，按照军队建制组建连队，母亲在三连，父亲在四连，中间相隔 5 里地。父母各住自己连队的宿舍，都是一字排开的大通铺。日出而作，日落而息，他们也很少有见面的机会，只有到了周末的晚上，父亲会来看看母亲。没有地方呆，他们通常是在连队宿舍的屋檐下，甚至是在田埂上相会，说上几句话，就匆匆分手。

父亲是什么活都干过的，他种过水田，放过鸭子，也挑过大粪。尽管已经年近六十，但他干活并不觉得苦和累。因为毕竟，这里还有自己的亲人。有母亲在近前，哪怕不能经常见面，他也觉得踏实，心里有安慰。

第二年，干校实现了一点“人性化”的管理，为夫妻双方都在农场的职工创造了一点条件，就是给他们分配单独的住房。所谓住房，就是草屋。用几根竹木一支，搭起房屋形的架子，然后把架子的四周用一片片的草帘子苫盖，草屋就建成了。一间草屋总共不过六七平米。屋里地面铺上木板，上面就直接可以睡觉。全部的家具，只有一张小桌子和一个凳子。但父母得到这样一个“家”，已经非常知足了。他们在这里说说话，可以不怕刮风下雨，也不受外人干扰。特别重要的是，他们可以在这里偷偷地改善一下生活。那时连队里的大食堂成天汤汤水水，吃得很差，人都饿瘦了。附近商店里有卖猪肉、牛肉罐头的，他们不敢买，因为住在连队宿舍里无法当着众人吃，甚至如果一个人偷吃罐头，还会受批评，被作为留恋“资产阶级生活方式”的典型。而现在有了自己的独立空间，这事就好办了。

1970 年，父亲与我和二姐在鲤鱼洲

当时我和二姐在吉林和内蒙农村插队，那里冬季没有农活，知青都是要回家过冬的。我们在北京已经没有家，要探亲就去江西。每次探亲前，父母都要给我们寄一笔钱，让我们在北京买些在当地买不到的糖果、西点、罐头食品。我们则是肩挑手提，给他们运送“战备物资”。到了以后，就在小小的草屋里，大家席地而坐，一边聊天，一边享受美食。就在这间类似窝棚的草屋里，父母和我们找回了久违的家的感觉。那种满足，那种其乐融融，那种温馨，至今令人留恋。

（十七）

两年后，清华大学江西鲤鱼洲“五七干校”撤销，父母回到清华园。

父亲基本上还是过着“靠边站”的日子。

没有书可教，没有课可上，业务能力无法发挥，英雄无用武之地。当然，即使在这时，还是不断有教师找父亲来请教，让他解决一些业务难题。比如，外语教研室没有那么多专门人才，忽然遇到西班牙文的资料，无人能译，大家傻了眼，但是一找他，问题就迎刃而解；过些天又来一批法文资料，没人看得了，还得让他来译。所以他虽然政治上不受待见，但大家知道他的业务还是过硬的。于是都说他是“臭豆腐”，闻着臭，吃着香。这有点像钱伟长。

但是这些不能让他满足，他想自己研究一点什么。

那时尚在“文革”结束之前，极“左”政治统治天下。没有什么文学类的图书可看。他忽然想到可以读读马列著作。家中还一直保留着俄文版的《马恩全集》和《列宁全集》，他便开始一本本地系统阅读，主要目的是恢复俄语水平。读到有疑问的地方，他就把中文版找来对照着看。这一看不得了，他发现《马恩全集》和《列宁全集》中文版里都有一些译文不准确，甚至是翻译理解错误，是硬伤。为了确定自己的判断，他又找来马恩列同样著作的英文版、德文版、法文版，用五个版本互相参照。他掌握多门外语的优势在这时呈现出来。他通过对照比较，建立了自信。

那时正值"梁效"写作班子活跃之时，"梁效"人物一个个以理论权威的面目出现，到处做辅导报告。有一天，"梁效"成员中的一个江青欣赏的女才子到清华来演讲，内容是关于恩格斯的《路德维希·费尔巴哈和德国古典哲学的终结》，父亲听了报告，又看了讲义，发现女才子引用的恩格斯原文有很多误译。他于是回家，立即找来了德、俄、英、法四种外文版本，对照中文版把这部著作从头到尾校对了一遍，发现了几十处翻译问题，都是译者的理解错误。他写了一张勘误表，托人带给"梁效"的女才子。他的做法是认真的，甚至是虔诚的，但更是幼稚的，"梁效"女才子才不会关心什么翻译问题，人家想的是如何利用这些现成的话语为"四人帮"服务。所以父亲费了几个月的功夫拿出的成果，大概是被丢进了字纸篓。他不仅劳而无功，还在教研室里挨了一通批。有人知道他给"梁效"挑刺，说他又是不知天高地厚，尾巴翘到天上去了：你逞能，也不看看对象？

这件事让他对"梁效"没有好印象，觉得那些人气焰太盛。知道表哥周一良参加了"梁效"以后，他很有些不以为然，觉得这是搞政治，不是搞学术了，没意思。1973 年，中共召开十大，周一良因为在“梁效”中的表现，当选党代会代表，而且是会议主席团成员之一，位置之显赫，令人刮目。父亲看了报纸以后对母亲说，“一良现在地位变了，咱们以后不要高攀了”。父母和周一良夫妇几十年来一直保持联系，正是所谓好亲戚常走动，但是从这时以后，他们很多年没有再去看望过周一良。

但是父亲译校恩格斯著作的消息还是不胫而走，不知怎的，被中央马恩列斯编译局知道了。他们派人来找父亲，要那份关于《路德维希·费尔巴哈和德国古典哲学的终结》的勘误表，但是时间已过了两三年，底稿早就没有了，于是父亲又重新做了一遍译校。当中央编译局的专家看到父亲的译校成果时，大吃一惊，想不到有这样的能人，可以做这样的事情！因为从事这项工作，至少四门外语都要达到可以从事翻译的水准，而且还要有良好的马列主义理论修养，这样的人才，全国都难找。于是他们把父亲当成宝贝，捉住不放，先是请他继续译校马恩的《反杜林论》《家庭、私有制和国家的起源》，继而又让他译校《列宁全集》里的 6 卷。技术性差错不算，父亲提出的商榷性修改意见总共两千多条。后来中央编译局修订《马恩全集》和《列宁全集》时，父亲的意见有很多被采纳。

从 1977 年到 1980 年，译校马恩列成了父亲的主要工作。他乐此不疲，找到了重回业务的感觉，这使他沉迷和陶醉，使他获得满足和享受。

（十八）

70年代中期，父亲内心里有两件特别纠结的事情，都和我有关。

我下乡以后，和那时的很多知青一样，是怀着改造农村的理想，要在“广阔天地”里“大有作为”的。我忘记了自己的患病之身，完全和农民“混”成一片。庄稼院里的农活，我件件都干过；十八般武艺，我样样都学过。我从未要求受一点照顾，有一点特殊，但我的淋巴癌却奇迹般地痊愈了。那时我和几个知青一起搞科学实验，做“土化肥”“5406菌肥”，试图帮助生产队提高亩产，还给农民宣讲中央政策和文件，“批林批孔”“批儒评法”理论等等，这些都受到公社党委的重视，于是我被“提拔”起来，担任了公社团委副书记，并兼任生产大队的革委会副主任。这在全公社的知青中，是独一无二的。

父亲知道我的表现好，非常高兴。他认为自己已经没有可能入党了，便希望我能尽早入党。1973年，公社组织一批干部到大寨去参观，他们乘火车路过北京，有一位公社党委委员趁便到我父亲家里住了三天。父亲很当回事情，家里房子不够，还特地到学校里借了一间屋子给他住。利用这个机会，父亲和这位党委委员恳谈，就是和他探讨我入党的可能性。那党委委员说，“李昕的条件，早就够了，没问题，我做介绍人，回去就办”。

1974年我离开农村去上学以前，这位党委委员真的上下做工作，让我填写了《入党志愿书》。他亲自到生产大队主持党总支会议，通过了我的入党申请。一切就绪，只等公社党委正式批准了。公社党委给清华发了外调函，清华方面寄来了工宣队给父亲历史问题所做的结论。党委发现，结论中有父亲“曾向国民党特务提供两个地下党员的地址”的说辞。党委书记认为这件事很大，不是一般的历史问题，因此不能草率批准我入党。他甚至觉得以这样的条件，推荐我上大学也不合适，只能让我上个中专。

1971 年，我在农村“看青”

不但党没有入成，而且原本期望上大学的我，被分配到一所中专，那是当时归属吉林省的哲理木盟师范学校。在学校里，我还是一如既往地追求思想进步，努力向党靠拢。同班 60 个同学，有 38 个是党员，而我这个非党员却是班里乃至全校 2000 名同学中最受重视的学生。我当了校团委委员，负责宣传，是学生刊物的主编。因为表现突出，口才又好，两年中学校的各种活动，只要有学生代表上台讲话，那人一定是我，可谓风头出尽。1976 年毕业时，党支部又一次让我填写了《入党志愿书》。到党委讨论时，阻力又来了，还是因为档案里的这一条结论，引起争论，最终未批准。

学校党委书记姓陶，是个抗日时期参加革命的老干部。他一向对我很欣赏，很爱护。这一次他也觉得为难，需要给我一个交代。他特地把我请到家里，语重心长地和我谈话。他问我，“你父亲曾经向特务告密，出卖了两个地下党员，那两个人是死是活呀?”我答不上来。他便说，即使那两个地下党员后来没事，你父亲的告密行为也是“重大政治历史问题”;但如果他们被杀害，那你父亲就有反革命罪呀。他最后总结说:“这一条不搞清楚，你入党很困难。当然，我们也要区别对待。有一种人，他们和共产党有杀父之仇，是永远注定不能入党的，你还不属于这种人。我们认为你要入党，必须经过组织的长期考验。”

这番话让我非常泄气。我写信告诉了父亲，他没有回信，但他心中的难过可想而知。

另一件事就是关于我上了中专。原本我兴高采烈地向他们报过喜，告诉他们公社推荐我上吉林工业大学内燃机专业，父母知道后极其兴奋。后来是公社党委书记在讨论我的入党问题以后，才发现这种安排不妥，又专程追到县招生办，把我换到了哲理木盟师范学校。父亲当时可能并不知道，这件事居然和他的历史问题有关，他只是觉得期望落空，心里窝囊。

教研室开会，父亲再次暴露“活思想”。他是直性子，心里有话总是不吐不快。他讲了他的儿子在农村表现那么好，却没有上成大学，只上了中专，感叹命运不公平，谁知这一下又惹来麻烦。几个“左派”教师当场发难，说现在是工农兵上大学，大学不是什么人都可以上的。你的儿子凭什么要上大学？你的儿子也配上大学吗？父亲顿时被“打”蒙了。他心里想，不是讲“有成分论，不唯成分论”“重在个人表现”吗？何况，我的成分也没有坏到“阶级敌人”的程度呀，怎么我的儿子就不配上大学呢？他受了一肚子气，却撒不出来，只能憋着。因为，他不敢和常有理的“左派”们辩论。

（十九）

粉碎“四人帮”以后，父亲的日子渐渐好过起来。头三年，他一直忙着给中共中央马恩列斯著作编译局译校《马恩全集》和《列宁全集》。到了 1980 年，学校要改选外语教研室主任，父亲被提名，显然是有给他恢复名誉的意思。他没有当过右派，谈不上“改正”，也不需要重新作政治结论，能够“官复原职”，也算是一种“平反”。

在差额选举的情况下，父亲受到绝大多数教师员工的拥护，他得到了80%的选票，当选教研室主任。三年之后，清华决定恢复外语系，希望有一位“德高望重”的教授出来主持工作，又是差额选举，他居然得到了90%的选票。

1980年，学校恢复了职称评级。父亲已经多年没有再搞翻译，十几年来学术成果也很少，只是编了几本英语教材和词典而已。这时恰好中央马恩列斯著作编译局给清华大学党委来信，对父亲译校《马恩全集》和《列宁全集》的工作大加称赞，表示谢意。这封信被人在学术委员会上宣读，起了决定性的作用。要知道当时已经有十几年没有给教师们提级提职称，竞争十分激烈。特别是高教四级教授晋升三级教授，那是一道门槛。一二三级教授，全国加在一起也没有多少人，大约可以被称之为一流教授了。清华里面的四级教授等待升入三级的大约有七八人，个个都有学术影响力，是国内自然科学领域各个学科的佼佼者。其中有的早年留学期间，在美国拿过两个博士。最后，学术委员会决定，把唯一的三级教授指标给了父亲。这算是兑现了1956年给予他的承诺。

父亲做系主任时已经69岁。他为重建这个曾经名震天下的外语系终日操劳。他唯才是用，不计较个人恩怨，过去二十几年中有许多整过他、批过他、伤害过他、侮辱过他的教师，但他对所有教师都一视同仁。有些人向他道歉，他尽释前嫌；有些人不肯道歉，他也并不介意。这样，几乎所有的人，都承认他为人厚道，都赞赏他正直、正派。

1982年，父亲担任了北京市大学英语教学研究会的首任理事长。他以研究会的名义，同时创办了两个刊物，一是《大学英语》，二是《英语教学与研究》，并亲自担任主编。这两个主编，他一直担任到2004年年满90岁时为止。

当时教育部和北京市教育局对他格外器重，北京地区设立外语专业职称评定委员会，他作为评审委员跨两个组，既在王佐良当组长的英语组里负责人事，又担任俄语组的组长。但是他性格耿直，好提不同意见，有时也不讨人喜欢。

那时教育部出台了一个全国高校大学英语教学大纲，其中规定大学公共英语的教学目标，有一条是要求学生的阅读能力达到每分钟速读50个单词。父亲根据自己的教学经验，认为这是不可能做到的。或许有几个特别拔尖的学生能够达到，但是作为普遍的要求，这是一个超高的指标，就像是大跃进时报高产量一样。他认为，只有精读才能提高理解能力，他自己学了多门外语，用的都是这个办法。速读只能诱导学生去囫囵吞枣，不求甚解，读了可能没有真正读懂，甚至造成误解。所以他不仅多次到教育部去反映自己的意见，而且在大学英语研究会上公开反对教学大纲中的这些规定。

当时还没有英语四六级考试，但是正是为了配合这个大纲，几年后出现了英语四六级考试的模式。这种考试，就是以速读为基础考核学生。父亲曾对我说，这么考，不仅考不出真实水平来，而且误人子弟。大家为了应付考试而学习，学不到真本事。“六级或许可以说是有一点点水平；四级通过了，其实是根本没有水平。”后来清华有很多教授反对四六级考试，认为这个考试违反了语言学习的基本规律，造成学生考试过关了，英文文献却读不懂，英文写作错误百出。他们说这个考试完全是个花架子，应予废除。争论多年后，1996 年，清华大学校务委员会通过决议，在清华率先取消了四六级考试。其实，这一系列动作的始作俑者，就是父亲。

但是，父亲在当时对于英语教学大纲提出的意见无人爱听，更无人重视。一年以后，他被免去了大学英语研究会的理事长一职，理由是，“年龄太大了”。背后真正的原因，大家心里都明白。

但父亲也不在乎，他有的是事情可做。这一时期，他彻底回到英语上来，主编了多种英语教材。加在一起，大大小小有二十多本。其中最有影响的是《新英语教程》6 册，发行量超过百万。

《新英语教程》

他的责任感极强，让他主编，他就要亲自动手，亲自审稿，每一页都看过，才能放心。2004 年，他 90 岁时，因为体力不支，他实在不能每一页稿子都亲自过目了，决定不再担任两个杂志的主编。但是编辑部还想继续挂他的名字，他没有同意。

他不好名，在名分问题上，该是他的，他当仁不让；不该是他的，他绝不奢求。他特别反感拉大旗作虎皮的事情。有两个小例子可以说明他的个性。

有一次父亲主编了一套英语教材，系里有人和他商量，要加上一个审校人的名字在他的名字后面。那是一个外国人，他并不认识。他问，此公何许人也？回答说那是一个年轻的英国专家，只有二十多岁。他觉得似乎是受了侮辱，说我主编的著作，凭什么让他来审校？系党总支书记连忙跑到家里来做思想工作，说是为了提高销路，读者看到有外国人的名字，书就好卖得多。此事被父亲严词拒绝。

还有一个较年轻的教授与他关系甚好。此人也主编了一套英语教材，没有和父亲商量，就署名他本人主编，父亲主审。书出版了，主编送来样书，父亲一看十分生气，说我没有审稿，怎么能署我的名字？特别是看到在封底主审人介绍一栏里面，说父亲是“英语、俄语泰斗”。父亲对那个主编说，“我怎么能够得上泰斗？泰斗是泰山北斗呀。王佐良、许国璋尚且不能这样称呼，你们这样称呼我，不是要闹笑话吗？”他要求那位主编在这套书重印时将自己的名字去掉。

（二十）

改革开放以后，父亲与其说是在业务上重新焕发了青春，不如说是在政治上扬眉吐气。

1978 年，我参加高考，被武汉大学中文系录取。父亲得知消息，欣喜若狂。他立即骑上自行车，到五道口百货商场，花了 150 元，为我买了一块瑞士百浪多手表作为礼物。他很感叹地对我说，“你为我争了气呀！”虽然没有多说什么，但我知道，这句话释放了他多年的压抑。

1982 年，我大学毕业时，学校第三次讨论发展我入党。这一次，他们专门派人到清华大学外调。清华方面接待的同志介绍了我父亲的情况，特别是关于他在军调部期间“提供两个地下党员的地址”的来龙去脉，武大党组织明白了真相，立即批准我入党。事后，中文系党总支副书记林豪生对我说，“你的档案里面，原先有关你父亲的外调材料里有一些不实之辞，我已经把这些材料抽出来，一把火烧掉了”。我真的非常感谢他，因为如果没有他，那些对于父亲的无端指控将会伴随我一生。

我一入党，我家的所谓“政治历史问题”就立刻变得简单了。我大姐李维琪从小就是拔尖的人物，到了中国科学院新疆分院工作以后，表现出色，成绩突出，老早就被评为“全国三八红旗手”，可是因为父亲的历史问题，组织上就是不批准她入党。现在我入党了，她的入党问题也随之迎刃而解。

紧接着，我二姐李维文在北京郊区的一间酒厂里也入了党。后来她还做了酒厂的党支部书记。

1984 年父母游览中南海

其实，入党对于我们姐弟三人来说，就像我上大学一样，与其说是为了争一个什么好前途，不如说是要争一口气，为我们自己，也为父亲。这实际是在争取一种政治上的平等待遇。看到我们都入了党，父亲的高兴是不言而喻的。这时，他想到自己也该重新提出入党要求了。

那是 1986 年，他又正式递交了一份入党申请书。这申请书是用思想汇报的形式来写的，也算是向党交心。

在这之前，有一个久违的老朋友来找过他，这就是 1958 年因为给父亲做辩护而被撤职并受到党内处分的李宗福。李宗福说，

80年代初，他到北京市委查阅过50年代政治运动的档案资料，发现当时清华大学党委向市委上报的“反右运动”材料里，涉及父亲的部分，引用的言论是父亲说：“把党委书记吊在树上，不算反革命事件。”父亲听了大吃一惊，说我从来没有说过这样的话，这完全是捏造。他相信这一定是当时主持清华党委工作的那位第一副书记干的好事。他想起后来北京市委总结反右派斗争的文件里，提到我们的大学里有人扬言要把党委书记吊在树上，还以为是别人说的话，与己无关呢，谁知竟然指的就是自己当初那番“沧海一粟”的言论。

父亲很气愤，他想要申诉。此时写入党申请书，自然不能不提这件事。他把申请书写好后，让我帮他看一遍。我觉得他太软，太面，太客气，很多话没有说清楚，于是在他的稿子上大改，加了一些有分量的词语。比如我提到，起初党支部拿“蒋校长上树”出来讨论，就是设陷阱，“引蛇出洞”；校党委当时是以对于蒋校长个人的忠诚度作为取舍干部的标准，违反党的组织原则；校党委事后向北京市委汇报，又是无事生非，捏造事实，谎报军情，目的在于整人；后来采取的一系列组织处理措施也都是完全错误的。父亲看了我的改稿，也觉得很过瘾，把他的心里话说透了。他对我说，你真不愧是学中文的，真不愧是当编辑的。于是他誊清了稿子，把入党申请书交上去了。

接着，一连很多天，父亲都在焦急地等待组织上找他谈话。一个多月以后，系党总支书记找他，说是要谈谈。他以为是谈他入党的事，兴冲冲地去了，回来时脸色却不大好看。他告诉我，原来是组织上向他宣布，让他退休。理由当然还是年龄原因，他已经 72 岁了，还不该退休吗？

我对父亲说了一句抱歉，我知道显然是我激烈的言辞，把党委那班人刺激了。虽然今天的党委已经不是过去党委的同一批人，但组织却是一脉相承的。谁都不愿你提及过去，揭陈年的疮疤。组织是一贯正确的，永远不需要忏悔。

此时父亲觉得，此生入党无望了。谁知事情后来又发生了戏剧性变化。

1992 年，退休 6 年之后，他已经 78 岁。这时可能是因为大学里的思想教育工作陷入了低谷，清华大学校系两级党组织迫切需要树立一个一生追求马列主义不动摇的老教师典型，他们灵机一动想到了父亲。这次是党组织主动来请他入党。他也算是如愿以偿了。

（二十一）

父亲的晚年，每天依旧坐在办公桌前，编杂志、读书。他读的最后一套外文书，是俄文版的《列宁全集》。大约是在本世纪初，他用了 5 年时间，把这部 40 卷的巨著重读了一遍。这是他第二次通读《列宁全集》，第一次是在 70 年代，“文革”后期。我想，中国有那么多自认为是马列主义者的干部和理论家，恐怕没有几人能够像他这样阅读原著的。

闲暇时间，他也会见见老朋友。到家里来的，有些是清华的老教授，更多的是外语教研室的旧同事，他们都已退休了。大家共忆往昔，同发感慨。到了后来，老人们也都走不动了，家里客人渐少，更有一些老友陆续离世。他常想起表兄周一良借用杜甫诗中的“访旧半为鬼”来向他抒发身世之感，自己也常感寂寞。

父亲和周一良的联系早已恢复。粉碎“四人帮”，周一良因“梁效”问题被隔离审查了两三年。审查一结束，父亲就去看望他。父亲觉得这位表兄此时很需要亲友的温暖。他们经常相互串门走动，有时出门不便，就通个电话。周一良写回忆录《钻石婚杂忆》《郊叟曝言》时，有些早年往事记不清了，就打电话来问。父亲记性好，便帮助他回忆当初。周一良的《毕竟是书生》出版，送

父亲与周一良

来给父亲。父亲看过对我说，这就是一失足成千古恨，书生还是别掺和政治的好。他理解周一良经受的精神痛苦和反思，他们不仅是亲戚，毕竟还有着八十多年的交谊。

2001 年 10 月，周一良意识到自己身体不行了。他在西直门外无名居摆了十几桌宴席，请周家三代的一百多位亲属会餐。那天父亲也在被邀请之列。周一良没有和大家一起吃饭，他只在饭后来到大家中间，坐了 20 分钟。因为在座的客人，只有父亲和他是同辈，所以他始终和父亲坐在一起，而且一直和父亲手拉着手。他们谈话不多，父亲未必有意识，但是周一良肯定是把这作为最后的诀别。一周之后，周一良离开了人世，父亲赶到八宝山去参加了遗体告别会。

2005 年以后，父亲不大看外文书了，我便找一些中文书给他看，书的内容，都是他关心的题材。有的写他熟悉的人物，有的是他熟人的作品。

杨绛先生曾经在清华与父亲同事，我把《干校六记》《我们仨》和《杂忆与杂写》给他看，他感叹说，杨绛的文笔真好，如果我有这样的文笔，我也有很多故事可写。于是我让他先写一些回忆录，把资料留下来。我对他说，你的故事，我将来会写。他似乎得到了一些安慰。

他和杨绛先生自从 1952 年清华院系调整之后没再见过面。因为杨先生也多次对我说过，她和父亲过去是很好的同事和朋友，还说一见到我就想起我父亲，于是我很想安排两位老人做一次重逢。但是后来考虑到两人听力都有障碍，见面也只能笔谈，交流非常困难，遂作罢。

何兆武先生到清华较晚，父亲并不认识他，但他的《上学记》里写了很多清华的人物，包括吴晗。父亲看了说，写历史就得这样写，过去我们把一些人物，要么美化了，要么丑化了，可信的不多。

韦君宜先生是父亲南开中学的同学，我给父亲读她的《思痛录》。父亲十分佩服韦君宜的勇气，敢于直面历史，直面现实，直面自己的内心。他发议论说，清华党委中的一些人，缺少的就是韦君宜的勇气，当然更缺少的是她的诚恳。

大约在 2007 年以后，《炎黄春秋》杂志发表了一些研究北欧国家特别是瑞典的社会主义模式的文章，大意是讲列宁批判过的第二国际社会主义理论，在北欧却实践成功了。该杂志还发表了谢韬的"民主社会主义模式与中国前途"一文。我把这些杂志都找来给父亲看。我觉得他读了一辈子马列，一定对这个重大理论问题很关心。父亲逐篇都仔细读了，但是他没有发表评论。我问他有什么看法，他也不讲。我想他内心的感受是非常复杂和矛盾。我最终没能让他说出自己的想法，这是一个遗憾。

那位清华原党委第一副书记，"文革"后去了甘肃，先做兰州大学校长，后来做了甘肃省委常务副书记，他也写了一本回忆录，题为《风雨岁月：1964—1976 年的清华》。我买下这本书给父亲，但是他拒绝阅读。他说此人不懂得忏悔，写文章也会文过饰非。

我想父亲是有理由这样说的。这位党委前负责人在“文革”后期被“三结合”进清华领导班子。1975年，他因为反对江青派到清华的迟群和谢静宜，曾两次上书毛泽东主席，结果被毛泽东主席认为“矛头是对着我的”，于是他和邓小平一起“第二次被打倒”。这件事为此人赢得了不少社会同情，在人们眼中，他也算是反对极“左”思潮的英雄。其实外人不知，“文革”以前清华的一些整人运动，特别是“反右”，就是他主持的，但我们至今没有见到他给任何人道歉。在这里人们很容易联想起周扬。周扬“文革”后复出，是有过深刻反思的。他公开在作家协会的大会上为自己过去整人的过失道歉，如此尚不能得到一些深受伤害的作家谅解。而像这位清华党委前负责人，不能获得原谅是必然的。

为此，父亲曾经找过清华校党委，郑重要求这位党委前负责人对当年向北京市委汇报他的“右派言论”时弄虚作假、伪造材料向他道歉。但是党委希望他息事宁人，说，现在时过境迁了，那位党委前负责人也不在清华了，而你都已经入了党，这事情就算了吧。

（二十二）

父亲去世以前，一直有一件事情放心不下。

那是关于他的“档案袋子”。他清楚地知道，他的档案里有两个材料，是应该作出处理的。一是1958年他因为“右派言论”挨整，但后来又因为未戴右派帽子而没有给他“改正”的机会；

二是工宣队给他做过一个可以随意解释并且贻害无穷的“历史问题”结论。他找到清华党委组织部，要求重新对他1958年的问题做一个平反，并且销毁1969年工宣队关于他“历史问题”的结论，因为这个结论，原本就是建立在对他的自述材料上的曲解。党委的同志和颜悦色地劝他，这一点小事别太在意了，现在已经不搞政治运动，谁也不会再看这些材料了。但他犯了倔脾气，质问对方：你们是想再来运动的时候还用这些材料来整我，或者是想利用这些材料来整别人？人家见他是个九十多岁的老教授，也不和他争论，但是他的要求，人家也没有理睬。

1991年，母亲去世前的“金婚”纪念

2009年春节过后的一天，他站在屋里好好的，忽然就一屁股坐在地上。我们把他送到医院，一检查，说是患了脑血栓。病情很轻微，身体行动没受多大影响，但是记忆力开始渐渐丧失。

刚一患病，有不少人来探望，老朋友、新同事都到医院慰问，川流不息。但是时间长了，看望的人渐渐减少。毕竟和他感情深厚的老朋友们，大多也是八十以上的高龄，来一趟也不容易；而现在外语系的领导和教师，认识他的已经没有几人，他们闻讯来看望一次，不过是礼节性的安排。

2010 年春节，家人到医院探望父亲

他的大脑越来越不好用，说话越来越少。我二姐陪他住在清华，我自己住南城，平时上班，只有周末才能去看望他。每次去，我都发现他的语言功能和记忆功能在减退。但我去了，他有时会忽然说出一段话，讲的是几十年前的事。不知他为什么会在这时提起，完全找不出逻辑。

患病两年之后，有一次他在中医研究院西苑医院住院，我去看他，他斜靠在病床上，对我说，“昨天，有三个记者来采访我，说是要写我的传记。他们向我核对我的人生经历，谈到我的‘政治历史问题’。我对他们说，我没有‘历史问题’，我没有‘历史问题’呀！”

我知道，这是他的幻觉，昨天根本没有记者来过。但是他为什么会有这样的幻觉呢？我心里涌起一阵悲凉和辛酸。

从那以后，我再没有听到过父亲整段整段地讲话。他的语言，变成破碎的，先是一句句的，再是几个字，最后只是一两个字。

2012年10月19日晚上，父亲因心肺功能衰竭去世，享年98岁。当天下午我去探视过他，刚回家，医院就报病危，我晚上9点赶回医院时，他已经咽气。大姐、二姐都在场，但处理后事，有必要通知清华外语系。我们费了很多周折，才打通了外语系主任的电话。11点钟，系主任带着一个老教师来了。我们便一起商量，当时我觉得，后事可以从简，因为今天外语系的老师学生，基本都不认识他，甚至都不知道他。他毕竟太老了，不再属于这个时代，人们不需要记得他。所以现在连清华外语系的网站上，都没有一点关于他的介绍信息。我对外语系主任说，丧事我们家自己搞，就不惊动系里的领导和老师了。但系主任说不行，李先生是有影响的老教授，一定要举行遗体告别仪式，我们家人只能从命。

正巧这时，澳门大学邀请我去访学一周。我把行程压缩到四天，快去快回，一周后举行遗体告别式。在澳门工作之余，我打电话回去，问仪式准备得如何？二姐告诉我，差不多了。我问都有什么人送花圈？她说就是外文系的一些人，因为系里说，这个仪式系里自己办，就不知会学校了。我觉得不对劲，他们不是说李先生是有影响的老教授吗？难道他的影响仅仅限于清华外语系？

因为工作关系，我认识清华的一位副校长。于是我给这位副校长拨通了电话，说明了情况。副校长连连说："我们不知道，真不知道呀，马上安排。"

在副校长的关照下，遗体告别式上，我见到了清华大学党委，清华大学校务委员会，前国家教委副主任、清华大学前校长张孝文和几位清华新老副校长敬献的花圈，总算是为父亲略备哀荣。

就这样，父亲走了，去天国见马克思、恩格斯和列宁了。

2015 年 1 月 1—8 日初稿

2015 年 1 月 28 日定稿

原载《当代》2015 年第 3 期

清华解放前后的一些回忆

李相崇

前言

1945—1953 这几年是我的“多事之秋”，我后来的生活道路在很大程度上根源于这个时期我的所作所为。如果写回忆录，这个时期确有可写。但是，在那个伟大的革命年代，我的事迹实在渺小，不足为外人道。我又没有作家的生花妙笔，不能把平凡琐事写成引人入胜的文学作品。假如我是一个典型人物，那么我的经历或许能为研究那个时代的知识分子的人提供一些素材；如果不是，那么公之于众就没有什么意义，这就是我不写回忆录之类文章的原因。今天终于提起笔来，也不企求出版，实际上，也不会有出版社要这样的稿件。我只打算复印若干份，分赠至亲好友，仅供他们闲暇时消遣之用，如此而已，岂有他哉。

我的这一段历史，以前曾比较全面地写过两次：第一次是 1952 年忠诚老实运动中交代历史，第二次是 1980 年申请入党时

李相崇教授像(2001 年)

写自传。“文化大革命”中被勒令交代自己的“罪恶”,重点是1946 年 4—10 月在军调部美方工作的 7 个月和这期间发生的所谓“出卖两个地下党员”的问题。在一年多的时间里,我不记得有多少次被动和主动,口头和书面交代问题。经过多次重复,现在写起来有许多事实可以信手拈来,脱口而出。但是写回忆录不能那样写,不能只有骨架,还要有肉,这就需要增加细节,还要谈当时的思想活动以加强可读性。事情毕竟已过去五十多年,回忆不易十分准确。例如:有一件事我印象很深,但究竟是 1947 年夏天还是 1948 年夏天我就记不清楚了。但这无关紧要,凡是与我关系重大的事我还是记得十分清楚的。

我的叙述就从1945年日本投降开始到1953年为止。在这八年间,我追随革命,但又一再落伍,其原因无非是为自己想得太多,以致长期踏步不前。在回忆里,我要对自己的动摇进行无情鞭打,但是,我的思想毕竟是追求进步,追求光明的,这一亮点也要恰如其分地反映出来,以求全面地刻画出我的面目。是否做到了这一点,就请读者评判了。

两个朋友

我原先是一个理论脱离实际的人,早在1938年我就接触到马克思主义,知道什么是剥削,懂得阶级观点。在理论上是倾向社会主义的。1943年斯大林格勒战役之后我开始自学俄语,这不是单纯对语言有兴趣,而是有一点政治意义的。可是,我的人生观是明哲保身,所以行动上总是回避斗争,也就是说,理论虽好但不准备自己实行之,而看着别人实行。在整个抗战时期,我都在苟且偷安。前些年有一次和老友吴炎谈起往事,他说,我比起他有很多优点,但不如他热情。这的确是我早年的致命弱点。日本投降后,我依然故我,有两件事为证。九月初表妹周洵良和宁致远结婚,宁在光复前是伪警察局内五区分局局长,其实是中共地下工作者。婚后几天,夫妇两人准备到解放区去,行前来看我。宁对我说,山海关外已布满中共军队,张学思也在那里。这是他第一次和我谈话,说这些话想来是有意图的,可是我没有反应。

过了几天，有一个我只见过一面的人来找我。这人叫徐卓群，是南开大学英文系的毕业生，比我高四班，所以没同学过，只听说他毕业后在中央社工作。1943 或 1944 年吴炎带我到他家去过一次，那时他在日伪的新民会。这时他不知怎的找到我家，邀我同去东北，在国民党军队中作上校联络官。假如我是革命者，本来是可以利用这样的岗位为中共做点工作的，可是我没有这样想，也就没有去做。

在那以后的几个月里，我在两个朋友的影响下，思想有了转变，对革命不再采取旁观态度，而愿意做一点革命工作。当然，怕牺牲的心理并未消除，参与也只能是极有限的，但毕竟是一种进步。这两个朋友之一是前面提到的吴炎。他是我在南开大学英文系的同学，比我高一班。1937 年寒假，我们在一间宿舍里相遇，主人不在，我们谈了起来。这是认识后的第一次谈话，谈的时间很长，说的什么已无印象，但我们却成了终生的朋友。我们从来没有同事过，几十年来同在天津或北京也只是几个月见一面，若不在一个城市则几年见一面，多半他是行客而我是座客。彼此的情况就是在久别重逢时互叙衷肠中了解到的。他告诉我很多他的事情，但不是无所不谈。1944 年春，他离开北京时，我事先不知道，是在他走后老同学韩扶生来告诉我的，说他到河南“搞伪军”去了。我不知道他有什么意图，但我相信他不是去当汉奸。因为他弟弟吴清源是日本籍，在日本有些地位，如果他想当汉奸早就当了，而且可以当大汉奸，何必去“搞伪军”。果然，不久韩扶生就来告诉我，他带着伪军过到国统区去了。他于1945年9月下旬回到北平，已改名景略，身份是十一战区副长官高树勋的机要秘书。他是国民党军官，但说的话都是抨击国民党的反动和腐败。11月初一个寒冷的清晨，他穿着单薄的便衣来我家，说高树勋起义了，他要立即离开北平，借了我一件大衣就匆忙走了。过了一个多月，他又来我家，说他去了大觉寺城工部，加入了共产党。又过了一个多月，他说他在天津开了一个书店作掩护，做建立民盟组织的工作。在共产党内有这样一位老朋友，我对党就备感亲切。我那时刚过三十，还有年轻人的浪漫情调，听他对我讲他的经历，就像传奇一般：例如说去城工部办事的人都戴着面具，为了避免暴露真实身份；说他和某些大特务同事过，他们不好意思亲自抓他，到他家去，他躲起来，大特务到处窥探，却不好意思搜。小特务不认识他，所以他在街上走也没有危险。有一次小特务到他家去搜查，他躲在房顶上过夜。这些故事让我感到，做地下工作固然有危险，但也有令人神往的一面。这时候，如果吴炎要我跟他工作，我也许会干，在工作中经受锻炼，也许会像他那样习惯于危险。可惜，他要求于我的，只是一次让我替他送一封高树勋部队一个军官给他在西交民巷金城银行工作的亲戚的信，这简直算不了工作。

另一位朋友，是殷鄂严（殷森）。他是我同院邻居，已故音乐家刘天华家属的亲戚，原在伪教育局供职，我曾见过他几次，没有说过话。10月间，我在北京饭店吴炎的房间里见到他，彼此都有些惊奇。殷说他是去找工作的。吴炎告诉我，殷是张东荪派去找他的，并说殷去过延安。我误认为殷是民盟盟员，去延安也不稀奇，因为张东荪的儿子张宗颖就曾陪着美国记者去过解放区张家口。在我和殷后来的接触中，他也没有说他不是盟员，大概因为他不能像吴炎那样向我说出党员身份。他和我谈话，从来未提到过民盟，也像吴炎那样讲点故事性的东西，但不涉及他自己。例如，他讲到军调部成立，中共代表团来北平，有两人去代表团驻地，被特务跟踪，这两人转过身来对着特务，特务只有一个人，就被吓跑了。这事大概就是他自己的经历，但我当初未想到。在大约三个月的期间里，我和他有多次往来，多半是我去他家。到了3月间，大概他已看清了我的政治倾向，有一天对我说，他要争取国民党空军一个搞工程的军官，在家里请他吃饭。这军官叫宋载镇，是我邻居刘家的朋友，我也见过的，所以让我也去一起吃饭，帮他做工作。席间他说了一些启发宋载镇的话，宋没有反应，我也就缄口不语。过后殷对我说："你嘴很严，可以做点工作，不一定替民盟工作，可以替他们工作，我可能去上海，如果去了，就算了，如果不去，我们再谈怎样工作。"他说的"他们"指的是谁，我是很清楚的，但还是以为他是盟员为共产党工作，以我当时的觉悟水平，和他一起工作是可以接受的。过了几天，他就到上海去了。又过了几个月，我见到刚从上海回来的张宗颖，问他在上海曾否见到殷森，他很惊奇的回答我："他是他们的人啊！"1952年，张东荪在燕京大学作检讨时提到中共中央统战部派驻北平的殷同志，我想就是他。这时我才感到，我错过了机会，没有在这样一位同志领导下做地下工作，实在可惜。

苏联领事馆

从吴炎的谈话里，我知道他的社会关系相当复杂，但他有时利用这些关系，做成了一些事情。我想，我的社会关系也应当搞得复杂些，曾给自己提出“关系复杂化”这一可笑的口号。后来我才体会到，关系复杂，弊多利少。吴炎在党内的遭遇，我看和他的关系复杂不无关连。我的社会关系和他的比较起来，不知简单多少倍，但后来也吃到了苦头。在1946年里，我的社会关系突然复杂起来，有些是我自己找的，有些则是不以我的意志为转移的。最后我害怕起来，选择了来清华当教师这条出路，但也没有逃脱这一年活动的后果，也许正因为我最后这样做才造成这样的后果。

1945年9月，国民党政府接收了我工作的伪中国联合准备银行，接收人员中有唱京剧的荀令香。我当时看不惯，没有等遣散就不辞而别，另谋生路。我找工作只有靠我的岳父，著名的医生刘瑞华，而他认识的接收大员只有卫生署平津区特派员朱章赓，因此我只有到朱的办公处去。我的名义是秘书，实际上经常的工作是收发，把来文和发文的内容概括成一句话，起头是个“为”字，末尾是个“由”字，叫做摘由。临时的工作有一开始的接收工作，接收一家日本的小医院时，我去当翻译；接收后又和一个初级的医务人员在那里看守了几天。我的日语听、说不灵，有许多话是同去的一个留日学医的科长翻译的。另外一件是俄语工作，东正教会申请发还日本人强占他们的房子，这是我单独接办的，为此还去教堂找大主教维克多，但最后是怎样解决的，就与我无关了。还有一件虽属临时但较长期的工作，这就是失业的医务人员登记。这是不收钱的，所以来的人不少，我管发表和收表，至于最后是否有人分配到工作，我就一无所知了。更无聊的是，北平市卫生局常来请领接收日本人的药品，有时朱也让我跟一个初级医务人员去发，也许是让我监视他，其实我什么都不懂，也不关心。在那个办公处，倒是看不到搜刮民财的事情，后来又改组为卫生实验院，就变成了研究机关。为了混饭吃，这里倒是个安身处所。可是，日本投降了，我还是这样用非所学，心里不甘，一定要另找工作。我为自己设计的出路是去苏联留学或者去北平苏联领事馆做翻译工作。我认识一个白俄，斯别什涅夫，抗战前是清华大学的俄语教师。北平沦陷，据他自己诙谐地说，除了和尚，什么都做过，教俄语也是他的谋生手段之一。我找到他学口语，不是上课，而是谈天，没有固定题目，想谈什么就谈什么。这样，我竟和他交上了朋友。日本投降后，他取得了苏联国籍，认识北平苏联领事馆的人。1945 年 12 月，他介绍我去见从重庆苏联大使馆调来北平的齐赫文，我首先提出去苏联留学。齐赫文说，苏军大批复员，有许多人要上大学，各大学当然先收本国人，你没有机会。我又提出在领事馆工作，齐赫文说北平领事馆还没有开馆，我又没有机会。他建议我在领事馆教中文，先介绍郭督可夫给我，郭督可夫又介绍了季托夫，后来齐赫文也加入，我有了三个学生。这三个人各不相同，齐赫文中文已经很好，他让我帮他读燕京大学某人写的关于康有为“大同书”的文章，他读起来有困难，我也不大懂，更不用说译成俄文。我们上课就是两个人坐在那里“出汗”，上完课就各自走开，没有机会谈天。季托夫是初学，根据苏联人编的一本教材学普通话，而我的普通话发音不完全准确，反而由他纠正我。例如“容易”我读成“YONGYI”，他纠正我说是“RONGYI”；“住在城里”和“在城里住”我也说不清楚哪个对。但是“师生”关系还是很融洽的，我们除上课外，也不谈天。只是有一次，他对我说，他在一个公园里，看到一间屋子里关着一个苏联军官，便过去攀谈。原来是苏军打到热河时一架失事飞机的驾驶员，被国民党政府扣押在那里。他向北平市政府交涉，市政府说：没有这回事。他说：“难道我是做梦吗？”他托我去行营打听，我在行营没有熟人，转托吴炎，他也没有办法。我没有给季托夫帮上忙，此事不知是如何了结的。郭督可夫中文略有基础，正在学《世界日报》社论，他不要我讲解，也不肯拿我预先为他搞好的译文对照着读，而宁愿查着华俄词典艰难地读，搞不懂才问我。读累了就停下来和我谈天。他对我是以朋友相待的。刚认识几天，正值1946年元旦，他请我一家吃饭，我带着妻女去了，离领事馆还有几百米远就下了三轮车，徒步来到他家。我要回请他，他说在重庆也是有人请他去家里，他去了，结果给那人带来麻烦，如果我不怕，他就来。我终于没有请他。他提出和我一起出去玩,我陪他到故宫游览了一次。平常谈天,我向他提出一些我所关心的问题,他都给我解答。我问他,报上说苏军在东北奸淫抢劫,是否有其事?他说这种事会有的,但这是违反纪律,要受处分的。这个问题是当时群众中关于苏联的最普遍的问题。他这样回答比矢口否认好。解放后 1949 年彭真在一次群众大会上也解释这个问题,说百万大军怎可能没有犯纪律的?我问他,有人说苏联也有贫富悬殊现象,是否真的这样?他说,他们实行按劳取酬,他的厨子就不可能和他拿一样多的钱。我接着问,收入最低的人是否也能生活?他回答说:能。我也就放心了。我想知道他有多少收入,但又不好直接问。见他有一台大号的 PHILCO 电子管收音机,这东西在当时是相当贵的,我问他这收音机是领事馆的吗?他说是自己拿钱买的,并说如果我在领事馆工作也可以有钱买。我也就知道他的工资不低,因为拿我的工资,省吃俭用,也要很多个月才能存够买那台收音机的钱。他问我,不是学医的怎么在卫生署工作,我说为了吃饭,用非所学是平常现象。他从图书馆借了一本联共党史给我看,我看后没有还给他,他也没有问我要,结果那本书到现在还保存在我家里。我用俄文写过两篇谈中国政治的短文,拿去给他看,他说不谈内容,光就语言来说和苏联八年级的学生差不多。

我的三个学生,上课时间各不相同。齐赫文在上午上班前上课,我给他上完课后再去上班,总要迟到近一个小时。同屋的人告诉我,医务管理人员来登记,我不在,他们很不满意。我当然不能告诉同屋的人我干什么去了。季托夫下午下班后上课，我要早退才能赶上给他上课。2月下旬，国民党利用学生的爱国情绪，在北平掀起反苏大游行。这时候，我就不得不收敛一些了。我退掉了齐赫文和季托夫的课，只留下郭督可夫的课。而他恰恰是后来几乎可以证明是克格勃工作人员中的一个人。

在学生举行反苏游行的时候，我已经表现为明显的亲苏派。那天，燕京大学教授翁独健进城，住在第三医院林葆骆大夫家，叫我去看他，我去了。他说他赞成学生的行动，我和林葆骆都说服他，苏联军队在东北暂缓撤退，对中共军队有利。我们两人并不了解实际情况，只是凭臆断来说。

军调部[①]

4月初，我进了军调部美方。在那之前几天，我还想到过进军调部中共方面的问题，但觉得不现实。那是因为爱人刘佩锦对我说，她的二姑刘淑英的女儿崔岭梅可能去军调部中共方面当打字员，是她的大姑夫也就是崔岭梅的大姨夫韩文信想介绍她去。韩文信我不认识，关于他我只听刘佩锦说过：韩是牙科大夫，由于她二伯父刘瑞恒的提携，当了中央医院牙科主任，给蒋介石治

---

① 抗战胜利后，国共双方签订了《双十协定》，根据协定，国共双方驻军需要立即停止冲突。在张治中、周恩来、马歇尔组成的最高三人小组的领导下，在北平成立“军事调处执行部”，由三方（国民政府代表郑介民、中共代表叶剑英、美国代表罗伯森）人员组成，具体执行停战命令有关条款的贯彻。

过牙，但在重庆又因为她的大姑刘淑蓉和邓颖超是朋友而与周恩来结交。我想，介绍一个人去军调部中共方面工作，就是介绍一个人参加革命，怎么韩文信就像平常帮人找差事一样，崔岭梅有思想准备吗？中共方面会接受吗？我如果去找韩文信请他介绍我去，他也许会同意。可是，如果中共方面接受我去工作，我以后也只得跟着去解放区，妻女也得带去。我听吴炎说过，解放区有北方大学和华北大学，到那里我可以有合适的工作，但是生活条件和战争环境，我的妻女受得了吗？想到这里，我就放弃了去军调部中共方面的念头，过了几天，我就通过刘瑞恒的介绍去了军调部美国方面。

北京协和医院当时是军调部办公地点

关于刘瑞恒的过去，我也是听刘佩锦说的，但解放前我和他见过几面。刘瑞恒早年在哈佛大学学医，和宋子文成了密友，后来又和宋美龄谈恋爱。1924 年孙中山在协和医院治病时，他是院长，给孙中山做手术。后来当了国民党政府的中央卫生署长。抗战前夕，因有人告发他贪污而吃了官司。战争爆发后兼任军医署署长，住在香港。我和他第一次见面是 1939 年，在上海。那时候苏州河南的公共租界和法租界处在日本占领区团团包围之中，却仍分别由英国人和法国人管辖，不受日本统治，人称“孤岛”。在那里面几乎一切如前，可以升青天白日旗，可以唱国民党的国歌，通行的货币是国民党的中交票，和内地通邮通汇毫无障碍。从上海去内地可以在外滩登上外轮，不受日本人盘查，直赴香港，再从香港直飞重庆，或走海路到安南再转赴昆明。因此，刘瑞恒可以从香港来上海，但不能公开，因为日本和汪伪特务在租界里可以暗杀和绑架。那年 6 月，我在沪江大学借读毕业，想去西南联大当助教，写信给老系主任柳无忌。他回信说，南开英文系的人在那里很不愉快，叫我不要去。因此，我就跟刘佩锦去见刘瑞恒，请他为我在内地找工作。在座的工程师关颂声是从重庆来的，答应介绍我去招待美军的战地服务团。沪江大学政治系教授余日宣对我说，这种工作对我不适宜，因此我没有去。同年 10 月，我去香港，到他家去看他，以后他的 11 岁的女儿让我陪她玩，多次打电话把我叫去他家吃吃喝喝。有几次，也见到刘瑞恒，并且一起出去玩过，可是他从来不和我谈话。他给我介绍过一次工作，是在新界一家钨矿当工头，我没有去。在我思想还不成熟的时候，没有得到国民党达官贵人的青睐，没有和国民党同流合污，是一大幸事。后来倾向于革命，这一个“社会关系”倒可以用作掩护。可是，反动派自有其逻辑。1948 年 9 月清华外文系同事徐锡良酒后对我说“有人说，你和宋子文有关系，不去做官却来当小教员，必是共产党派遣”，可是过了几个月，清华园刚解放，社会系助教刘世海告诉我，革命阵营有人说我是美蒋特务。在这样短的时间内，我就听到这样两种不同的关于我的说法，真有点啼笑皆非。

刘瑞恒带着我走到设在协和医院的军调部美国办公地点，原来他带我去见的只不过是一个管汽车的中国人，姓赵，但有一个外国姓和美国军衔，叫 Captain Barnes。刘瑞恒三言两语把我交给赵，就回身走了。以后我虽有时听到他的消息，却再也没有见到过他。赵带我到翻译科去见科长薛春桐，也是三言两语把我交给薛就走了。进翻译科是要考试的，考我的人叫刘乃元，职务是 C-E Editor，即汉译英组长，他让我把一篇新华社电讯译成英文，我已经四年多基本上没有接触英文，但翻译得不错，刘怀疑我预先知道题目，和薛春桐商量了一下，又给我一篇类似的电讯，我译得比前一篇更好一些，他满意了。再考口译，也是一些政治新闻，他也满意了，把我带回薛春桐处，由薛再考一次口译。

考试通过了，薛对我说，翻译有笔译和口译，口译分配在各执行小组，经常在外地，我有家室，坐办公室做笔译好些。后来我发现，口译中有我党的地下工作人员，而笔译接触不到机密，要做工作也只能试探地为革命争取一些同情者。就这样，我进了军调部美方当雇员，没有做革命工作，反而为自己造成一个历史问题，后来在“清队”[①]中，就为此成了审查对象。

进去后我发现，进翻译科是不需要介绍人的，只要自己申请，通过考试就可录取为翻译，但如果考试不通过，就不能当翻译，不讲情面。有一位女士，长得相当漂亮，父亲在北平有名望，未婚夫在美方当口译，有这几点优势，考试未通过，也只能当打字员。民青成员李世濂和我在银行同事过，考试两次未通过，民盟的汪骏叫我帮助他，我也没办法。有一个我不认识的姓邬的蒙古族人，我倒是无心中帮助了他。他第一次考试没通过，说了他会俄文，正好安全科需要一个俄文翻译，翻译科让我考他俄文，我觉得他口语还可以，安全科就录用了他当翻译。我看到他跟着美国军官出出入入，不知是否干过坏事。“清队”时，我不知道他在哪里，但听一个搞外调的人的口气，好像他问题严重。

军调部三个方面的办公室中间是没有隔断的，没有截然分开。大门口有国共两军的哨兵分站两旁。但是，人员出入好像很自由。有一天下午下班后，我和一个同事谈天，忘了时间，却见我

① 即“文革”期间于1968年开展的“清理阶级队伍”运动，当时全国各地采用军管会和进驻工宣队的方式，对在“文革”进程中，以各种名义各种方式揪出来的地、富、反、坏、右、特务、叛徒、走资派、漏网右派、国民党“残渣余孽”，进行了一次大清查。

爱人带着女儿走了进来。据她说，大门口没有哨兵，看门的是协和医院的工人，她进来后也没有人问她找谁。在这样宽松的环境里，来调停中国战争的美军，却也有不可告人的机密。有一天，一个美国军官召集全体雇员，手拿一张有颜色的纸，宣布说，用这种纸打印的材料是绝密，见到它要躲远些，如果走近，立即开除。说得这样严重，可能是什么材料呢？我在翻译科没有见过，在委员办公室的两个翻译那里也没有见过。

委员办公室的两个翻译，一个是美籍华人黄仕琳，他是抗战前清华大学毕业生，在美国留学时战争爆发，他参加了美军。那时按照美国法律，中国人除非在美国出生，否则是不能加入美国国籍的，但是在战时可以参加美军，并自动成为美国公民。他对中国的事情不加评论，我也不和他谈政治。另一个是吴允曾，他是燕京大学哲学系毕业生，张东荪的弟子，我在翁独健家见过他，他不是通过翻译科考进去的，而是通过介绍直接进到委员办公室的。当时张东荪是反蒋的，我以为他也应倾向革命，和他说话比较敞开，却原来他的观点完全是美国人的一套。我批评美国帮助蒋介石打内战，他就用英语说："国民政府是世界各国都承认的，包括苏联。"有一次，在我家里，他又说这句话，我气极了，跳起来掐他的脖子，但立即意识到，我这个本能的动作不仅失态，而且可能给自己造成麻烦，于是马上松手，装作开玩笑来掩饰，其实是欲盖弥彰。还好，他没有告发我。

黄、吴两人的顶头上司是美籍华人杨帝泽，英文名 Jack

Yang。他军衔不高，不过是少校，但他在中国已活动多年，原来跟史迪威，大概很活跃，连西南联大的教授都知道他。史迪威对中共的态度比较公正，被蒋介石赶回了美国。杨的态度怎么样，不得而知。不过有一次，他不在的时候，我跟着吴允曾走进了他的办公室，看见墙上挂着中共方面委员叶剑英的大幅照片。我一介小翻译，和他没有联系。只是有一次，我把一个美国军官的名字音译成中文，没有译成他的中文名字，惹得这位杨少校跑到翻译科来大发雷霆。

美方重要的笔译工作，都由黄、吴二人来做，翻译科翻译的都是些次要的，甚至无关紧要的材料。我刚进去时，每天翻译新华社电讯，不久，新华社也发英文的电讯，就用不着翻译了。报上常有美军肇事的消息，我也常翻译的。此外，就是美方和其他两方的来往信件，其中有一封美方给国民党的信，其内容是说国民党政府和美国政府有协定，在华美军犯罪由美国自己审判，我印象很深。那年年底，美军强奸沈崇事件发生时，我告诉了吴晗，他问我要协定全文，可是，我所见到的也不是全文，而是几个条款，没有记清楚是怎么说的。

我翻译的东西还有一些和军调部工作无关，是美国军官个人交给翻译科翻译的。有一份租房合同，原文是德文，由我翻译成英文。还有一份菜单，上面有鲍鱼，我忘了英文是什么，查汉英字典是 Stinking fish（恶臭的鱼），我就写上去了。科长陈上尉说 Stinking fish 怎么能吃？是不是鲍鱼？应当是 abalone。这说明他中文有点修养，知道中文“如入鲍鱼之肆，久而不闻其臭”这一成语，可是他的挖苦的神情，摇头苦笑，口称 Stinking fish，确实使我难堪。不久，我离开了。翻译科来了一份俄文稿子，有人对他说，如果 H. C. Li(我的名字)在就好了。他又一次摇头了，可是这一次是说“我们失去了一个能干的人”。

翻译科笔译人员不多，都是中国人，一度来了一个美军中士陈关照，听说是准备接替薛春桐的，他的汉译英稿子让我改得面目全非，没有几天就调走了。有几个笔译我还回忆得起来。其中最熟的是刘乃元，他出身于外交官家庭，家学渊源，又是圣约翰大学毕业，英语比我好，却很欣赏我。英译汉组长 George Li，我去后不久他就走了。他的工作没有人接替，对他我无所了解。这人年纪已经相当大。“清队”时有外调人员来找我，说到 George Li 时，那个人问我，你知道他和王匡曾（口译）的妹妹结婚了吗？我说“不知道”。“这样轰动的事你也不知道？”他的意思也许是说我装作一无所知，但把这也当作大事，这些外调人员真的是什么大事也没有查出来了。Joseph Li 思想比较进步，和我谈得让我忘了时间的就是他，但他不久就走了。牧师吴永泉和信教的薛春桐很熟，曾被请去向美国军官布道。他请我到他家吃饭，在座的一个国民党海军军官，大发反苏言论，我们大家只是听着，没有人搭讪。育英中学图书馆馆长于炳照深藏不露，解放不久就听说他入了党，但在翻译科时没听到他有什么言论。李金生是燕京大学历史系毕业生，因有翁独健这一共同的相识，所以常谈谈。骆振芳是虔诚的基督教徒，和他找不到共同语言。后来又加入个安世祥，穿着美国军服来的，盛气凌人，和美国军官混得很熟，对我不屑一顾。刘乃元对他也是侧目而视。刘乃元调到长春军调部分部，他接替了刘的工作，对我很不友好，有一次申斥我说："别人桌子上的东西，你总是探头看，很不好。"不过，后来我译的那些革命刊物，都是他给我的。

到了9月，翻译科已没有东西可译，我却得到了大量稿件。安世祥给了我一大沓延安《解放日报》、重庆《新华日报》，还有几本民盟的刊物《民主周刊》。我在美方翻译科最后一个多月，就是选译这些材料。"清队"时我把这工作说成是为美方搞情报，其实我心里想，我是在为党作宣传。美国军官并不都是反共老手，也许有人会从这些文章中得到启示呢。

口译人很多，但我只认识常到笔译组办公室来的几个。我想到这些人中间会有我党的地下工作人员，但是看不出来。有些人我认为肯定不是，口译组长吴炳钟，辅仁大学毕业，父亲吴赉熙是专和外国人做古董生意的名人，他英语口语很好，在译员中间首屈一指，和美国军官打得火热。我没有什么根据，但觉得此人反动，不去惹他。王匡曾的父亲曾是日伪警察局的队长，但和我岳父是世交，见了面还得打招呼。吴仲明的女友是我爱人的好友，也不能不虚与委蛇，这两人我看是没有头脑的人。还有一个章惠中，不久就去了国民党的北平警备司令部，有一次我从苏联领事馆出来，正好碰上他，我很紧张。我是从旁门出来，穿过了苏侨住宅区，于是谎称是去了一个苏侨家。前几年看到清华的一篇回忆录，原来章惠中在清华时还是学运积极分子。他在军调部和北平警备司令部是在干革命呢，是在干反革命呢，还是混饭吃呢？林子真和我的房东的女儿严梅生有交往，严梅生是倾向革命的。林子真突然走了，我想是到解放区去了。还有黄仕琦，我也是有眼不识泰山，他和我在银行同事过，在军调部重逢，我只知道他是黄仕琳的弟弟，没有和他深谈。解放后他在高教部工作，我想他大概是解放后入党的。90 年代初他来看我，说起他 1943 年入党，清华校长高景德还是他介绍入党的呢。我刚认识他的时候，他已经是党员，那么，他在军调部是做地下工作呢，还是打掩护或谋生呢？这是我想问而未问的问题。

我记得的这些人，都是当时印象较深或者后来见过或听说过的。其余的人都已没有印象。“清队”时来外调的人所问及的人，我多半都不知道，这当然引起外调人员的不满。但也有我记得，却未能向外调人员提供他们所要材料的情况。这人叫张振山，是翻译科的打字员，外调人员来了一次又一次，最后才提起，我那时曾对刘乃元说过，张振山是特务。我确实不记得我说过这话，他让我写一份材料，声明我没说过张振山是特务，也不知张振山是不是特务，这才了事。

到了 10 月，我已经知道，军调部末日将至，正在想以后怎么办，表弟周珏良突然来到我家，说清华外文系需要大一英文教员，让我介绍几个。我说：“我去吧！”他说：“可是清华的工资比军调部低得多啊！”我说：“工资低也去。”我原以为这事未必能成，因为清华外文系主任还是七年前我的老系主任柳无忌说的那个排挤南开人的陈福田，没想到事情进展意外的顺利。11 月 5 日，我工作了一天，晚上参加苏联领事馆纪念高尔基的招待会，会后又去汪骏家谈天，回到家已经半夜，看到周珏良托清华音乐室张肖虎带来的聘书，不胜惊喜。过了约十天清华派卡车把我的家搬到清华园。在军调部的 7 个月，让我在“清队”时成了审查重点，在那个时期，还发生了所谓“出卖两个地下党员”的事件，更是重中之重。

“告密者”

1945 年 9 月，我去了一趟天津，在父亲家里，遇到一个年轻的国民党军官许承志①，当时我们没有谈话。1946 年 8 月，他突然到美方翻译科来找我，在门口向我招手，我认出了他，就跟着他走。到了国民党方面宣传科的会客室，里面坐着两个国民党军官，许带我进去后，就叫两人出去，然后很机密地对我说，美方有共产党活动，郑介民很重视，张春学和冯昌纶是从张家口②来的，让我注意。他没有说明要我做什么，但可以想象，他是要我监视那两人，并注意其他地下工作者。我当时心里很紧张，他是真的

① 此人当时在军调部国民党方面工作，疑为军统特务。
② 当时张家口是中共解放区，所谓“从张家口来”即是“共产党派来”之意。

要我干特务吗，还是试探我？如果他对我无所怀疑，我倒是可以借此打进去，做点地下工作。可是我跟地下党没有联系，打进去也没用。如果他已怀疑我，我进去岂不是自投罗网？我当即向汪骏[①]作了汇报，我不知道他是否地下党，所以也没有指望他会转告有关同志，我只是向他讨个办法。汪骏的疑虑和我的疑虑一样。他说："敌人注意你了，你的岗位很重要，别弄丢了。"他没有教我怎么办，我只好自己想法脱身，还没有找到妥善的办法，就又遇到了许承志。过了几天，在翻译科门前的过道上，我看见许承志走来，不知他是不是来找我的，我不假思索，迎上前去，对他说张春学在某某执行小组。我想，执行小组的三个方面是经常在一起谈判的，国民党不会不知道张春学在哪里，我把这当作情报给他，是让他觉得我无能，不再找我。果然，许承志对我说："听你父亲说，你太老实，做不了这种事，你给我介绍一个人吧！"这时正好有美方一个姓麦的口译从旁边走过，我拉住他，对许承志说："这位麦先生想在北平找房子，你帮帮忙吧！"说完，三人就走开了。我事后还担心那个姓麦的会不会跟着许承志干特务。其实，当时许承志可能已经准备放弃我，我不说那些话，也可能脱身的。一个多月以后，许承志又到办公室来找我，交给我一本英文的《拿破仑传》，叫我转交给我父亲，说完就走了，以后再没有见过面。我把许承志让我调查张、冯一事，告诉了吴炳钟，目的是让他误以为

---

① 汪骏是当时北京市民盟支部的负责人之一。

我和特务有关系，以消除他可能有的对我的怀疑。我想，国民党既已知道张、冯是中共地下工作者，一定会通知美方的，我说不说都一样。在这件事情上，我为自己的安危考虑得太多了，在思想上是怯懦的。但是，我也并不是不考虑革命同志的安危。我抓住一个偶然的机会，把信息送给了可能有用的人。

8 月中旬，我去苏联领事馆参加招待会。那是一个鸡尾酒会，与会的人都拿着酒杯到处走，我看到以叶剑英为首的中共代表团也在那里。我的前白俄朋友斯别什涅夫正和一个军官谈话。我走了过去，斯别什涅夫向我介绍说，那是他在清华时的学生，那军官自称高棠。我见过中共方名单，知道这就是荣高棠，是中共方行政科长。斯别什涅夫介绍我时，只说我是美方的李先生。高棠也没有问我的名字，接着我又和共方的医生马海德谈了一会。这时，齐赫文拉我去向中共代表团敬酒。那时他们全坐在离开人群的一个角落里，我们举杯祝毛泽东同志健康后齐赫文就走开了。高棠拉我坐在他和一个穿便服的中年人之间，那人自我介绍说是李克农，问我是不是从苏联回来的，我说不是。我立即转身对高棠说，国民党特务在调查张春学和冯昌纶，请他们注意。高棠只回答了三个字“要慎重”。我不知道这样向共产党告了国民党的密，是否是起了保护革命同志的作用，这已经是无法查明的事了。我认为即使有功也是不足挂齿的事，但是，后来被怀疑有罪，就未免太冤枉了。

在中共代表团中间我不能久坐，几分钟就走开了。我喝了点酒，坐在沙发上不知不觉就睡着了。醒来时，只见中共代表团还在那里，几个苏联人在唱歌跳舞。我走过去，叶剑英问他周围的人我是谁，高棠答，这是美方的李先生。我站在参谋长陈士榘身边看着苏联人跳舞，我对他说："他们真快活，总有一天我们也会那样快活的，我们是同志，我是民盟的。"过了几分钟，中共代表团走了。我对齐赫文说："我的同志都走了，我也该走了。"有这样一个机会，向革命同志表明心意，我心里是非常畅快的。过了几天我下班走到门前台阶上，陈士榘已走下台阶，他回头看见我，就停下来等我走下台阶，跟我拉拉手，然后上小汽车。我知道，他对我那样客气是因为我是民盟盟员。

1952 年交代历史时，我想，如果这件事我不说，不会有人知道，即使有人揭发也不是什么大问题，如果说出来反而会导致怀疑。但是为了真正做到对党忠诚老实，我在书面材料中写了这件事。"文化大革命"中有人把这问题扩大为：出卖两个地下党员。1969 年"清队"后工宣队做的结论是：一般政治历史问题，但是情节写得过于简单，只写"向国民党提供我党地下工作人员的工作地址"，而没有说明我告诉特务的是张春学的公开身份，特务原来就知道的，以致让人看了误以为我是告密，这就不是一般的政治历史问题了。1976 年通辽师范党委就是根据这一点而不批准我儿子李昕入党。1980 年，清华落实政策办公室认为，这件事不必作结论，但我为了不再影响子女入党，要求重写一个结论，分寄我三个子女的单位。新的结论基本上是按我的报告写的，但关键的一点，即我告诉特务的是张春学的公开身份，还是没有写进去。就这样，我的一件可以不做结论也可以不必交代的事，我一片赤诚地交代了，竟惹了这许多麻烦，真不知道应当怎样看了。但无论如何我的忠诚老实是好的。1992 年填写入党志愿书时，管组织的王瑞芝同志让我写上向荣高棠报告这样一件找不到证人的事。这是对我的信任，我是很感激她的。

克格勃

现在再回头来谈我和苏联领事馆的关系。我进军调部美方以后，去苏联领事馆就不那么勤了，差不多一个月一次。我周旋于美苏两大敌对势力之间，不能不谨慎些，但是和郭督可夫并没有疏远。有一次，郭督可夫竟打电话到翻译科找我，他的英语让人一听就知道是俄国人。好在当时北平有很多前白俄，中国人和他们的交往是自由的。接电话的人也许没有想到是从苏联领事馆打来的，但我不能不小心。我告诉郭督可夫，不要再给我打电话了，我自己会去他那里的。课已经不上了，去了就是谈天，谈的都是政治新闻。我接触不到美蒋机密，谈的都是道听途说，甚至报纸上有的东西，他却很有兴趣听。6 月底，我第一次见到张东荪，就听到他一些反蒋言论，和郭督可夫谈话时也自然地提到了。他让我写下来给他，我觉得奇怪，这对于革命阵营来说并没有情报价值。写完后我问他，这东西你准备怎样处理？他说："烧掉"，但我怀疑他是送什么地方。接着，他又提出要求，让我写美方翻译科中国译员的思想状况，我更觉得不可思议。几天后的一个晚上，我一个人在翻译科办公室值夜班，突然醒悟到：我怎么成了国际间谍？我去苏联领事馆的目的本来是找机会去苏联留学，如不可能，在领事馆当翻译也可以。我那时认为：苏联和中共是一家，为苏联工作也是为革命工作。但我想的工作是在文化宣传方面，从未想到当情报人员。万一被国民党发现，给我定罪“外国人的间谍”多不光彩。想到这里心里又是恐惧又是烦闷，但没有想和郭督可夫中断联系。8 月里去苏联领事馆，在院子里遇见齐赫文，他问我有什么消息，我说已经打起仗来了，革命胜利也许可以快些。他说：当前的问题不是革命而是保卫和平。这可能不是他个人的想法，而是当时苏联领导人的态度。齐告诉我过几天领事馆举行招待会，让我也参加。那是苏联领事馆开馆招待会，按我的社会地位是不足以被邀请的。但是，我虽没有请柬，还是参加了那次有中共代表团参加的酒会，在会上没有见到郭督可夫。10 月初，国民党军队攻占了解放区张家口，我忧心忡忡，又去找郭督可夫，说战事不利，为什么苏联不帮忙？大概我前一次对他的要求没有拒绝，这次他更进一步。他说：“我们的意见基本一致，我们请你作顾问，给你报酬，你不必到领事馆来，我们约定时间、地点，你把写好的材料夹在书里，我们装着看橱窗，你把书递给我。”这完全是地下工作的做法，很有点浪漫色彩。可是，这不是两个中国人，而是一个中国人，一个苏联人，暴露的可能性是很大的。而且拿苏联人的钱当间谍，毕竟和干革命不是一回事，为此冒险不值得。我当时就说我不干。我说，军调部美方有很多苏侨，想了解美方情况，找他们岂不更方便？他说那些人靠不住，我和他是同志，所以相信我。我听这话虽然受宠若惊，但还是不肯干。两人都不愉快。可是，谈了这样的事，虽没有做，我心里也紧张。那天晚上我竟不敢从领事馆正门出去，我问他有没有别的出口，原来他的院子里有一个小门，通一条南北向的马路，而领事馆正门在一条东西向的马路上，相距几百米。他带我到门边，自己先开门出去，看到四下无人，才让我出去。这又像是在做地下工作，但我已感觉不到浪漫情调。11 月 5 日，我又去苏联领事馆，没有进院子，只在门外一座小楼里参加纪念高尔基的招待会，没有见到郭督可夫。看来，他是做秘密工作的，不参加交际活动，但也不尽然。我再一次见到他是 1948 年在清华、燕京两校俄语教师梁秀彦于燕京临湖轩举行的婚礼上。我知道梁认识齐赫文，不知道她还和郭督可夫有交往，他们之间是什么关系呢？我想：如果有什么特殊关系，是不会这样公开往来的。还有一次见到郭督可夫是在北平图书馆的俄文书展上，我企图和他谈几句，但他不愿谈，叫我"看展览"。

但是，我最后还是再一次和郭督可夫打交道。我的一个相识李世濂，在美国新闻处工作，他按期给我寄美国出版的俄文画报，我也去美国新闻处看过他，但没有听到他说和苏联领事馆有联系。1948 年 9 月，他突然来清华找我，说我停止去苏联领事馆后，是他去保持联系，现在他有别的事，不能去了，让我重新去，如果晚上回清华不方便，可以在他家过夜。我弄不清楚，我去苏联领事馆是个人行为，而他去则像是某个组织派遣的，是什么组织知道我不去而派他去呢？在地下工作的条件下，这种问题是不便问的。但既然有需要，我答应勉为其难。我去找郭督可夫，说李世濂不去了，我替他去。我以为李世濂会先跟他打招呼的，不料，却遭到他的冷遇，他说他很忙，改天再谈。到了那一天，我去晚了一些，他说："你来晚了，不谈了。"我也不高兴，没说什么就走了。出来碰到齐赫文，他说在去天津的火车上看见我和国民党军官在一起，我说，没这事。他对旁边的人说我狡猾，我以为是开玩笑，其实他可能是认真的。解放后，我听说有革命同志怀疑我是特务，于是，又跑到苏联领事馆去，想让他们为我作证，想不到我的"特嫌"竟是他们给我定的。1952 年春"忠诚老实运动"后，我的历史有了结论，组织上表示信任。我有一天进城，遇见调去团中央工作的袁泰。他一见面就对我说，先前怀疑过我，对不起。我问他为什么会怀疑我，他说是听吴晗说的。吴晗为什么怀疑我呢？是听苏联领事馆说的。

我和苏联领事馆的这些关系，"清队"时也交代过。我是想以此说明我当时并不是美蒋特务，但却当作问题来交代。不过，明白人还是有的，这些事在结论中没有提。一个审查我的学生徐琴芳问我，"你当时做这些事是有风险的吧？"她也知道这些活动是反对国民党的。

民主同盟

日本投降后的一年里，我的政治思想前进了一大步。我原先幻想国共合作，建立联合政府，通过节制资本、平均地权，逐渐走向社会主义。这时候我认识到中国人民只有在中国共产党的领导下，进行武装斗争，夺取政权，才是唯一的出路。但是，在行动上，我只前进半步，由革命的旁观者变成为有限度的参与者。去解放区和参加共产党的地下工作的想法也曾有过，但只是一闪念，远没有形成决心。最终选择了民盟，正是我当时的觉悟程度所决定的。

1946年5月吴炎来到我家，对我说："共产党有铁的纪律，你恐怕受不了。你还是加入民盟吧！"我欣然同意，当即跟着他去见张东荪的儿子张宗颖，不知道吴炎是否已经和他说过，张宗颖没有和我谈话就同意了。他只问我："你看仗会打起来吗？"那时正是关外大打，关内打打停停，我估计这种情况还会持续一个时期，就回答说："也许打不起来。"张宗颖说："事实上已经打起来了。"

张宗颖让我过两天再去。到了那天，我一个人去了，见有另外一个人在座，张介绍说是许宝骙。这名字我熟悉，曾听表兄周一良说过，他的继母的侄子许宝骙在燕京和他同学。在沦陷时期，听翁独健说，许宝骙代表大汉奸殷同去重庆活动。那时日本败局已定，汉奸们纷纷为自己找退路，利用许宝骙和国民党的关系为他们疏通。张、许二人让我填了一张入盟志愿书，他们签名作介绍人，手续就办完了。许宝骙和我也无话可谈。为了打破冷场，我说起周一良是我表兄，他不无感慨地说："我这位表弟的学术成就比我大多了。"在这个场合说到学术成就，想来他对学术工作是未能忘情的。许宝骙的社会关系也很复杂。8 月中旬在苏联领事馆的招待会上，我遇见了他，我说："大厅里不知道有国民党特务没有？"他说："有"，并朝一个方向努一下嘴。这就是说，他的相识中还有特务。

入盟才几天，有一个戴黑眼镜的人来到我家，我正好从外面回来，他就在门口摘下眼镜对我说，他叫沈一帆，是民盟的，来通知我开会。我当时听到的是北平市支委会，还以为我已是市支委的成员呢。解放后，对清华外文系党员严宝瑜谈我的历史问题时，我说 1946 年参加过民盟北平市支委，严去问吴晗，吴说没有这回事。我的无心的"谎言"给严宝瑜一个很不好的印象。可是，我参加了大概 3 次的那个会，又是北平市民盟的什么组织的会呢？我至今没有看到过有关的记载。可惜我一般良好的记忆力，偏偏在这个问题上失灵。连与会的人有多少也记不得。我好像听说过，参加那个会的应是 15 人。可是，我现在只能记起 7 人：汪骏、张光年、杨须知、牟揆中、孙中原，一个姓万的在国民党的警备司令部，不能到会，还有一个就是我自己。15 人只记得 7 人，我想，我的记忆力不至于那样差，很可能是 15 这个数字记错了。但也不可能只有 6 人在开会，应当还有几个我想不起来的人，也许是当时没有互相介绍，没有交谈，以致没有留下印象。

我参加的3次那个范围的会，都是在东城某胡同一个独门独院开的。那是许宝骙的家。但是许不参加会议，张宗颖也不参加，连通知我开会的沈一帆也不露面。会议由汪骏主持。在一次会上，他汇报他印发《民主周刊》事宜。他在美国新闻处工作，薪水比较高，他单身一人，除维持生活外，钱都花在《民主周刊》的印刷上。另一次会，他把到会的人分成搞宣传和搞组织的，把北平市的盟员分成几组，每组的名单交给一个搞组织的同志，分头去联系，让这些盟员填登记表，并召集他们开会。我分到的名单上有民社党的十来个人，我知道民社党在和国民党勾结，不愿对这些人暴露自己。我对汪骏说了，汪骏让我把名单和登记表交给牟揆中，请他替我去跑。牟是个商人，懂俄语，认识苏联领事馆的人，不知有什么关系。我请他帮我联系那几个民社党党员，他很爽快地答应了。这样，盟组织交给我的第一个任务，我就没有完成。汪骏似乎没有觉得这有什么不好，还是照样对我很热情。他带我到他家去，那是东城本司胡同34号。门上有个铜牌，上面刻着“美国新闻处职员宿舍”。原来，我去过两次的张宗颖的家也在那个院子里，在汪骏的屋子前面。张光年的屋子在汪骏的屋子后面。他们三人只有汪骏一人在美国新闻处工作，那面铜牌是作掩护的。在那个时期，拿美国新闻处作掩护的进步人士除汪骏之外，我还知道有陈鼎文、李世濂、朱葆光。在汪骏家里，我见到李世濂和一个学生，汪骏都说是“民青”[1]的。这给我一个印象：“民青”是民盟领导的（其实不然，“民青”是中共直接领导的）。有一次，汪骏邀我去北海划船，同游的还有一个不记得姓名的同志。在船上，汪骏对我说起前一天晚上和“他们”座谈，我这是第二次听到用“他们”指中共地下党了。以前听殷鄂严用过，现在回想起来，殷鄂严是党员用了盟员口吻，汪骏是否也是这样呢？我至今不知道他当时是不是党员，但可以肯定：他是北平民盟早期活动的领导人之一，只是不知道他当时的职务。

在 6 月里，有两对盟员结婚，一对是杨须知和钱玲娟，另一对是张光年和黄绿叶。我只记得参加了其中的一次，大概是杨和钱的那一次，证婚人是地方法院院长吴老先生，参加婚礼的有军调部共方宣传科的两位同志。

6 月底，我参加了一次比前三次范围稍大一点的会。那是在灯市口朝阳胡同一号牟揆中家的客厅开的。人数也不多，不像是民盟的哪一级组织，而像是临时有选择地召集一些盟员，和从内地去东北路过北平的徐寿轩、关梦觉两同志见面并交换情况，张东荪出席并讲了话。我在会上说，国民党军队在苏北大举进攻，内战已全面爆发，这消息还没有见报，我是从军调部共方给美方的信中知道的。那次会后约 10 天，我得了斑疹伤寒，卧床 3 个星

---

① 全称为“民主青年同盟”，是抗日战争后期和解放战争时期，在国民党统治区建立的先进青年的地下组织，成立于 1945 年。

期。在这个期间，我没有得到开会的通知。一个多月不开会，想必是形势紧张之故。因为7月中旬，昆明李公仆、闻一多被暗杀，7月下旬北平孙中原被绑架，这消息登在报纸上。想来是民盟组织发的新闻。过了几天，报上又有消息说：孙中原已获释，乘飞机去了四川邓锡侯处。孙中原是市支委会的参加人之一，他供出了那个会的其他参加者了吗？我个人倒是不十分恐慌，因为孙中原可能不知道我的姓名，更不会知道我的住址。我估计国民党还不会大规模搜捕盟员，我的军调部美方雇员的身份还多少能起一点保护作用。

我病好之后，还没有上班，吴炎来找我同去见刘清扬。我听说过刘清扬和她的丈夫张申府是周恩来的入党介绍人，这样的人物我当然乐于结识。可是那次见面之后，直到11月苏联领事馆的高尔基纪念会上，我才第二次也就是最后一次见到她。我告诉她，吴炎参加民主建国军参观团到延安去了，在《解放日报》上发表了几首诗，这也是我利用在军调部工作之便得知的。就在8月初，发生了许承志找我一事，我向汪骏汇报时，他大概还处在孙中原事件影响之下，怀疑国民党特务是否已注意到我。他对我说，民盟的会不要参加了，他和我单独联系。从那以后，市支委的会就不通知我了。我既不知道我参加之前，那个会是否已经存在，也不知道我停止参加后那个会是否还继续开。到了9月，大概形势已经松弛下来，汪骏又让我去参加在他住处开的听吴晗报告昆明“12.1事件”的会。在那次会上，我见到了叶笃庄，这不是第一次见面。我和他是南开中学同学，肯定是见过面的，只不过不认识罢了。会后张东荪和吴晗谈话，我无意中听见几句，张东荪抱怨张申府抢他的领导权，吴晗说："我们听你的领导。"就在那些日子，我还听到张东荪和翁独健不睦。有一天，我去燕京大学看望翁独健，翁正好进城去了，我久等他不回来，就带着他的小女儿去看张东荪。当我回到翁家时，翁夫人埋怨我："翁先生和张东荪不对付，你怎么带我们的孩子去他家？"想不到，他们之间竟有这样的嫌隙。

在高尔基纪念会上，我还见到吴晗、汪骏、张光年，会后和他们一起走去本司胡同34号。我和汪、张留在汪的屋子里，吴晗走到后面张光年的屋子里去和徐冰会谈。汪骏对我说，过两天就是十月革命节，苏联领事馆举行招待会，他们三人都去，让我也去，我说我没有请柬，汪骏说："你和他们那样的关系，还需要请柬吗？"但是，我终于没有去。

我的记忆力也奇怪，有些事情记得很清楚，历历在目，言犹在耳，有些重要的细节却怎么也想不起来。我参加民盟的5次会和高尔基纪念会，除第一次记得是沈一帆通知的以外，其余5次是谁通知的，怎么通知的，都一点印象也没有了。按理说，只能是汪骏，也只能是去我家通知。可是，我的脑海里没有汪骏在大阮府胡同16号我的旧居出现的印象。我是8月中旬搬到北河沿59号新居去的。我记得的三次在家里和汪骏见面都是在这新居。一次是我一家正在吃饭时，汪骏来了，坐在旁边的椅子上，我一边吃饭一边和他说话。另一次汪骏没有坐就和我一起出去，两人在暮色苍茫中，走到东安市场去下小馆。一路上他对我说要办一份英文报，让我参加工作，我表示同意。但同时也在盘算，接受这项工作，是否需要辞去待遇较高的军调部美方的工作。还有一次是在我接到清华聘书以后，他劝我不要埋头读书，还要关心大家的事，他叫我到清华后找吴晗。我搬到清华后，有一次进城在王府井遇见汪骏和张光年，他们两人正从一家照相馆出来，未能多谈。过后听吴晗说，他们两人已经到解放区去了。清华解放后几天，我路过大礼堂，听见里面有人演讲，进去一看是张光年，我等听众散尽后上台和他相见，陪他去燕京大学参加严景耀主持的小型座谈会。路上他托我转告张东荪，他去解放区已恢复了党的组织关系，不再是盟员了。那时候，我和民盟没有关系，所以没有去找张东荪告之此事。和汪骏重逢是 1949 年 5 月参加天安门群众大会入场时，他在维持秩序，我们没有机会说话。那年夏天，我遇见朱葆光，他说，他曾向汪骏打听我，汪骏回答说和我没有联系。这就是说他也不想和我联系。而我被自认为的朋友抛弃已经习惯，对此只好一笑置之。他们不想理我，我怀旧又有什么用呢？话虽然这么说，想起来总是若有所失。

“小解放区”

1946 年秋天，清华大学复校时，北平报纸上有人说：清华园是“小解放区”：不论这话是善意还是恶意，总之是说这里进步势力强大。我愿意到清华来工作，除了因为在大学当教师是我的宿愿之外，也是因为我向往这样的政治环境。我曾对美籍教授温德说：清华园是北平之肺，意思是这里政治空气新鲜。从 1946 年 11 月到 1948 年 12 月这两年零一个月中，我在清华的生活有三个方面：政治、教学和读书。这三方面有些交错，但大体上可以分开谈。

清华学堂

12 月中旬，我在清华安顿下来之后，才去吴晗家报到。吴晗说："早就听说你要来了，怎么今天才来?"过了几天，他亲自到我家通知我去他家开会。他向与会的同志介绍说，我是"老盟员、新同事"。其实我的盟龄只有 7 个月，和在座的从昆明来的同志比起来，应当说是新盟员。在他家开会的盟员有：中文系的季镇淮、王瑶、何善周、范宁，地学系的张澜庆，生物系的吴徵镒，历史系的吴晗和外文系的我，这 8 人是确实无疑的，经济系的郑尧好像也是一个，但我记不清楚。此外还有一个社会系的学生杨某，我只见过他一次，后来就不见了，他的名字我没有记住。参加吴晗小组的盟员 1947 年 5 月增加了关世雄，7 月增加了外文系新毕业的袁泰。根据我的记忆，这个名单应该是全的。因为吴晗家的客厅只有大小三件沙发和几把椅子，只能坐下十来个人。此外清华的盟员还有潘光旦、费孝通，没有听吴晗说清华还有别的盟小组，也许上面提到的这些人就是 1946 年 12 月至 1947 年 7 月清华的全体盟员吧。

在吴晗家开会，内容主要是讨论时事。我常发表自己的看法。谈论沈崇事件时，我说罪犯是要由美国人自己审判的，因为国民党政府和美国人有一项协定，在华美军犯罪由美军审判。过后吴晗问我要那文件，可能是想用以揭露国民党政府丧权辱国。可是，我当时没有想到还会有用处，没有把译文草稿留下来。我如果有心那样做，本是易如反掌的，文件是我译的，译完交给打字员，这不是密件，打完字草稿就扔在字纸篓里了，我只要拾起来就是了。这样一件对革命有益的事，我都轻易放过了。另一次，谈论苏军从东北撤退时拆走工厂设备一事。我说，这些设备国民党可以用来制造军火打内战，还不如苏联拿走。我还发表我的亲苏言论，说增强了苏联的力量，就是增强了革命的力量。吴晗说，我的这些解释人们是接受不了的。这个问题解放后彭真在群众大会上也解释过，他说："搬走了再搬回来，还不容易？"

吴晗给我的第一个任务是征集宣言书的签名。1947 年 2 月，继十三教授宣言之后，又要发起一次签名人数更多的宣言，吴晗叫我去新林院请教授签名。我从新林院 1 号起一家一家走过去，吴达元、陈岱孙、周培源、王明之、赵访熊……都立刻就签了。到了赵风喈家，他拿着宣言看了一会儿才说："我还是不签吧！"我后来听说，他正在活动当"国大代表"。我想，清华园虽是"小解放区"，反动教授还是有的，我不了解情况还会碰钉子。这样一想，我就没有勇气继续跑下去了。我回到吴晗家，正好历史系教授邵循在那里，吴晗把已有 9—10 个签名的宣言书交给他，让他继续去跑。这样盟组织交给我的第二个任务，我只完成了一部分。

在一次会上，吴晗通报北平市支委会成立，并宣读了名单，我只记得主委是吴晗，委员中有杨须知，是前一年我参加市支委会时见过的。我想当然地认为这个新的支委会是代替我所参加过的旧支委会的，还继续以为我是旧支委会的成员，可是没说出来，以致这个错误想法没有得到纠正。

记得那是 3 月 5 日，天下大雪，学生正在罢课，那个学期开学晚。3 月初正是考试期间，所以罢课就是罢考。我踏雪赶去吴晗家，看有没有事情要做。在操场上遇到一个学生，我和他一起走到吴家。那个学生姓尚，解放后我才听说他叫尚家琦，当时是清华地下党的领导人。吴晗好像也不知道。他用领导者的口吻对尚说话，他不赞成学生罢考，叫尚制止。吴晗和尚家琦谈话时，我在旁边听着，如坠五里云雾中，只能推测出，革命学生分为两派，吴晗支持较稳健的一派，可能是“民青”，另一派较激进，其中有除夕社，还有一人名阎令吾（谐音）。吴晗说要看住他，那次罢课谁是谁非我就不知道了。

5月间，学生又一次罢课，记得是反对美国扶持日本，是全市性的。吴晗在家里举行记者招待会，让我参加，并去请张奚若来参加。我没有见过张奚若，他以为我是学生。在那个会上，我遇见关世雄，才知道他是盟员。我还认识了学生罢课委员会主席李某。吴晗在革命学生中威信很高，连带着吴晗手下的青年教师也被认为是可靠的。还有，在清华这个“小解放区”也不必过于谨慎。所以，我在那个外国记者招待会上，虽然和李某没说多少话，可是再见面时，他对我是很信任的。那年夏天（这就是在前言中说的记不清是1947年还是1948年的那件事），他和新婚的爱人借住在我家旁边的一间屋子里，他告诉我说，他们要到解放区去，我问他和党有关系吗？他说，原来没有，现在刚有。他去解放区是通过他爱人的姐夫，他把这个姐夫带到我家里来，谈了很久。

4—5月间，我的爱人带着女儿去天津我父母家住了很多天，我一人在家。吴晗知道了就对我说，如果吃饭不方便，就到他家去吃。因此，那些日子里，我多次在吴晗家吃饭，每饭必喝学校廉价出售的日本清酒，边吃边谈，我们的谈话总离不开政治，没有谈过各人的过去。吴晗学生时代照顾病中的袁震这一往事，我是听别人说的。这人叫敦福堂，清华机械系教授。我在燕京梁秀彦家遇见他，和他一道走回清华，他说他住在西院，请我到他家去玩，我想多认识一个人也好，就在一天中午去了他家。原来他离了婚，和儿子同住，他要留我吃饭，我说要到吴晗家去吃。于是他说起吴晗人好，在清华上学时和袁震还没有结婚，袁震得了重病，他悉心看护她，守了她几年。他还说，前几天碰到吴晗，吴晗打了他一拳。听他所说，我以为他是吴晗的朋友，其实大谬不然。从他家出来，到了吴晗家，夫妇两人已吃过午饭，问我为什么来得这么晚，我说去了敦福堂家。袁震一听，勃然大怒，问："你怎么认识他的，你说什么啦！"我说是在梁秀彦家认识的，我跟他什么也没说。吴晗告诉我，敦福堂是个反动分子，袁震数落我一顿，告诫我不要到处乱跑。吴晗为我解围，笑着说："你骂完啦，给他饭吃吧。"吴晗说："敦福堂追求梁秀彦，你的任务是破坏。"这任务倒是不需要去完成，我对梁秀彦说起敦福堂时，她轻蔑地说了一个俄文词，意思是"挑剩下的"。

那些日子，我常去吴晗家，有几次在那里遇到别的客人。一次遇到文协的马彦祥，他带来一份准备翻译的英文文学名著清单和一份推荐译者名单。吴晗说我可以加入，但我没有这个要求。另一次，遇到沈一帆，他好像顺便也要找我，见了我就拿出苏联法捷耶夫的一篇短文，要我译成中文。我译好后交给了吴晗。

我对吴晗说，我不是陈福田的嫡系，也许在清华待不长，会被解聘的。吴晗说：清华从来不解聘教师，张申府被解聘是因为上课不负责任。他这条老经验很快就被证明是靠不住的。到了暑

清华园近春园内的吴晗塑像

假关世雄没有拿到聘书，不知道陈福田向他说明解聘理由没有，吴晗让我设法使陈福田改变主意。我想，这事只能托周珏良去谈。可是顶替关世雄的是他的大哥周一良，我怎么好开口呢？还好，关世雄很快就在朝阳大学找到了工作。

外文系有个英国人 Lee-Woolf，是在燕京大学搞宗教活动的，他和他的妻子都在清华兼课。他请我去他家吃饭。谈了一些政治话题，他说他在政治上是工党，我说工党搞了国有化，将来如果保守党执政，会不会变回去？他说："不可能，正像炒了的鸡蛋不能恢复原状一样。"(Just as you can't unscramble an egg.)我对吴晗说起我和 Lee-Woolf 的交往。吴晗让我争取他，我请他夫妇到我家吃饭，又谈起了政治。很奇怪，那时解放战争的胜利看来还很遥远，他们却对解放后的事情感兴趣。Lee-Woolf 夫人问："会不会改变教学内容?"这个问题我答不出来，我想，宗教教育恐怕要取消，但也不便说。Lee-Woolf 1949 年暑假后离开清华，也许回国了，也许还在燕京工作一段时间。

吴晗从来没有布置过我在学生运动中做什么工作，我也不知道自己应该做什么和能做什么。没有人带动，我感到无法参加进去。吴徵镒和我不一样。我在学生大会上听到他朗诵，他平时普通话说得不流利，可是朗诵起来慷慨激昂，颇有感染力。吴晗劝过他，不要过多暴露自己。

1947 年 10 月底，报上出现了大字标题："共匪杜斌丞伏法"。杜斌丞是杜聿明的叔叔，连他都杀了，看来国民党是准备镇压民盟了。果然，过了几天，报上登出了国民党政府解散民盟的消息。入盟一年半以来，我第一次感到了危险，连日心绪不宁，不知如何是好。这时候，关世雄来找我，说北平盟员名单在清华，让我通知吴徵镒赶快销毁。我立即转告吴徵镒，吴说盟员名单藏在一个公共场所，很安全，不用销毁。反动派要求盟员去登记，我想，我决不去自首。如果我已暴露，被反动派逮捕那是在劫难逃，只好听天由命。但是，如果躲过这一难，我就隐蔽下来，静待解放。当吴徵镒问我作何打算时，我说，我想暂停活动。一年前，我曾想过，如果“小解放区”待不下去，我就投奔大解放区。这时却连这一闪念都没有。一年的安定生活磨灭了我的革命性，不到最后关头，不想放弃这种生活。这是一次大动摇，我永世难忘。直到 1991 年 11 月，入党问题接近解决时，我还谈到这件事。外语系前任党委副书记李仙根说：“你那时又不是党员，这种事算不了大问题。”我也常想过，假如那时有一个像吴炎那样向我亮明了党员身份的朋友，在一旁要求我、鼓励我，我是会珍惜这种信任而干下去的。我软弱但也有坚强起来的可能，要有朋友扶持。

我停止参加民盟活动，就成了革命的被动参加者。1948 年有两次宣言，不是我去动员别人，而是别人来找我签名。不过，两次革命同志来找我，我都毫不犹豫地签了名。那年春天，有两次小规模的局部的活动，我也参与了。一次是针对美军剩余物资分配问题的罢教，是新成立的教联会发动的，只反对清华校方，而且只有讲师、教员和助教参加。我不记得我当时说了什么，只记得袁泰开玩笑说:“你不是怕天下多事,而是怕天下事少。”另一次是大一学生罢英文课,这一件事我至今弄不清楚其原委。学生提出的要求是换教材,但贴出了一些攻击陈福田的大字报。我恰巧在罢课前几天和教学组长美籍华人邓观戬有过一场冲突。他说有些班的学生考得不好,是因为教师不好。我说是因为教材中的考题有错误,这一业务上的争论竟搞得剑拔弩张,结果我从教材中找出一道有错的问题,把他压了下去。学生就罢课问题征求我的意见,我说:“陈先生是好人,但是拍上面,压下面。”学生把我的话写在大字报上贴了出去。也许因为这两件事,陈福田认定罢课是我搞的。他当然也知道,我个人是不可能发动一个年级的学生的,我后面必有一个组织,这个组织必定是地下党。于是对我的怀疑就严重了。陈福田对美国教师 Brown 说,要把我除掉(I'll get rid of him)。但是,他并没有实现他的威胁。到了暑假,我又接到聘书,而且陈福田还亲自到我家来,说一有名额就提升我为讲师。这可以说是又打又拉。

反动派没有搜捕盟员,我觉得形势松弛下来,又想再参加民盟活动。1948 年 3 月间,我去吴晗家,正有几个人在打桥牌,他给我一份沈钧儒在香港发的声明,让我在旁边坐着看。过了几天,我又去他家,这一次,他给我倒了一杯茶,然后在我对面坐下,笑嘻嘻地对着我,一言不发。这和他以前对我的态度完全不同。我现在回想,他那时也许是等待我说什么,但我觉得是冷淡的客气,我也不说什么,就站起来走了。我对袁泰说吴晗对我有意见,过了几天袁泰告诉我，他问了吴晗，吴说，没有什么意见，只不过很久不见面，疏远了而已。我想，吴晗是对我停止活动不满意。直到 1952 年才知道，他听了苏联领事馆的话，怀疑我是特务。不知道他这种怀疑是什么时候开始的，这对我永远是个谜。过了二十多年，我又遇到了一个谜。1969 年"清队"时，有两个解放军干部来提审我，问吴晗是不是苏修特务？我说，在我和他有来往的那个时期，他并不向苏联提供情报。他们很诧异，对我发脾气，我也急了，说"那时是我和苏联人有联系，吴晗并没有联系！"后来他们没有要我写什么材料就走了。他们是怎么找到我的？

由于我的动摇而受到损失的还是我自己。1948 年清华成立外围组织"新文建"。我已处在外围之外，对这件事一无所知。解放后法语教授陈定民告诉我，成立"新文建"时，有人提议找我参加。但是，有人说我想出国，志不在此。我想，真正的原因大概是我的动摇，也许是我的"特嫌"。革命同志怀疑我是敌人，反动派也注意到我，只不过没有对我下手。1948 年 8 月 19 日国民党军警宪特包围清华，要进来搜捕共产党。我还和往常一样骑车出门，遇到徐锡良。他说："你怎么还到处跑，要搜查你家呢！"他像是喝过酒，我想他是胡诌，没有理他。借住在我家旁边屋子里的一个革命学生（说也奇怪，那间屋子的住户好像并不参加什么革命活动，可是两次借住她家的都是革命学生）也对我说，军警要进来搜查，有什么东西要收起来。我家里那时有一部列宁文选，是俄文的，而且是从校图书馆借的。我想不要紧，就仍在书架上放着。次日，军警进校，但没有搜捕，只到一些地方看了一下。我住的普吉院没有人去。进步教授李广田对我说，他做了一件荒唐事：带着军警在校内走了一趟。军警贴出要逮捕的名单上的学生都已转移，只有一个人不知道为什么没有走，而跟着训导长褚世荃去自首。

9月下旬，徐锡良请我喝酒，几杯之后他对我说了许多话，他说那次学生罢大一英文课，我支持了他（他原是教学组长，邓观戳顶替了他，那次学生罢课后，邓被罢免，他又当了组长）。看来，他还是认为我和那次罢课有关。他又说，那天他在西校门值班（他是护校委员会的成员）看见军警要搜查的教职工名单上有我，我问他，我的名次高吗？他说不高。第一名张奚若；第二名吴晗；我排在很后面，他盖了个章，我就没事了。我想，这不可能，特务要搜我，他盖章有什么用，除非他是个大特务。他说："你和T.V.（宋子文）有关系，为什么不去做官，到清华来当个小教员？"又说："F.T.（陈福田）对你不满意，为什么曹靖华一来，你就和他接近，如果你老老实实，F.T.会给你弄奖学金去美国留学的。"徐锡良解放时没有跑，表现还不错，1950年当选为外文系工会小组长，他那天和我的谈话，我也就渐渐淡忘了。"清队"时，我想起他说特务搜查的名单上有我，不管他说的是真话还是恐吓我，都能证明我不是反动派，所以在交代中着重提到，希望工宣队去调查。但是我想，搞清队的人日思夜想的是证明一个人是反动的，而不是证明一个人是革命者，我这条线索是不会去调查的。徐锡良说，怀疑我是共产党，这却是真的。1949 年 7 月，清华党员名单公开后，他对我说，他先前以为我是党员，原来我不是。那次谈话后，陈福田对我有点异常。有时我在办公室和人闲谈，他从他的只隔几间屋子的办公室打电话来，把我叫去，让我把他要打的文件拿回来给职员徐序打字。有人说，我成了陈福田的秘书，这是再一次又打又拉。

从 1947 年至清华大学解放这一段时间，如果说我有什么革命行动的话，那就只是在两次宣言上签名。可是我这点革命行动还是打了折扣的。那第二次宣言是拒绝美国救济品，签名时我不知道这里面还包括面粉。后来知道了，就发牢骚说："这种影响群众生活的举动不必要，我没看清楚就签名了，下次再签名，要仔细看了。"袁泰顶了我一句："谁叫你不仔细看。"过后，我还是吃过美国的救济面粉。后来我觉得和朱自清比起来真应感到惭愧，这件事在 1980 年申请入党时写的自传中，还不忘写上一笔。

业务前途

毕业七年，我终于找到了相当满意的工作，可以规划自己的前途了。我已选定俄语作为自己未来的事业，所以用在英语教学上的时间比较少，大部分时间用来自修俄语。好在以我的英语水平，教大一英文绰绰有余，学校和学生对大一英文课的期望值也不高，所以还能应付自如。大一英文课每周 5 小时，教员和助教每人教两班。我那时是教员，和其他几个教员助教一样，每周上

10 小时课，上课时间都排在上午第一、二节。到了 10 点钟，一天的课就上完了，整天的时间可以自由支配。其所以能这样排课，是因为大一学生同时还必修大一国文，也排在上午第一、二节，学生分为两半。一半在第一节上英文，第二节上国文；另一半第一节上国文，第二节上英文。分班不按系，而按分数。入学时举行一次英文写作考试。把两半学生分别按分数排队，45 人为一班。每周的 5 小时中，读本 3 小时，作文 2 小时。读本用的教材是陈福田的 *Freshman English*，听周珏良说，这不是陈福田编的，而是美国教师毕莲女士编的。毕莲早已回国，这书就变成陈福田的作品了。课文都选自美国书刊。Lee-Woolf 说是“非常系统的思想灌输”（Very systematic indoctrination）。作文教材和现在的一些写作教材差不多，无非是讲怎样写主题句、节和各种题材的文章等等。内容枯燥，没有什么东西好讲。幸好每两周一篇作文，用去课堂上的一节时间，讲解作文中的错误又用去一节时间，只剩下两节讲课，否则课堂上的时间实难消磨。1948 年春季，大一英文罢课，我理解学生主要是反对作文教材。但是陈福田不但废除了作文课，而且读本也改为另发讲义。当然，在那个时期也不可能换上什么内容进步的文章，可以说是换汤不换药。看来那次罢课是为了给美籍华人陈福田一个打击。这个目的达到了，换不换教材是次要的。所以暑假过后，来了新的一年级学生，原来的读本和作文教材就“复辟”了，并没有保持胜利果实。北平解放已指日可待，陈福田是待不长的，由他跳去吧！

教学方法是极不讲究的，陈福田只要求上课用英语，至于怎么教，讲什么，他是不过问的。读本里只有课文和书后面供考试用的，关于课文内容的问题，练习连一道也没有，这也是当时阅读教材的共性。我当然也不会想起要补充什么。我讲课文的程序是：先让学生读一个句子，然后提问某些词的意义，大概学生用的词典有英文解释，所以一般也能用英文答出来。但是，我有时也违反陈福田的规定，许可学生用中文答。最后看情况的需要，用英文把句子的意思讲一遍，一节课大约讲一页。这样呆板的上课方法，学生为什么能接受呢？一则因为这是传统教学法，我上学时教师就是这样讲授课文的；二则凭心而论我讲课也有特色，我有时会讲出一些"道道"来。我常有这种经验：平时并没有想过，但在讲课时突然讲出一点新的体会。几年以后，社会系助教刘世海对我说："原来你讲课还挺叫座的。"一个叫李赋镐的学生对他的哥哥李赋宁说，我的讲课很科学。但我一时兴起，也会信口开河。有一次课文中说到有一座山修建了缆车，破坏了自然美，我竟扯到了英国保守派浪漫主义诗人华兹渥斯。我有时还借题发挥，说几句挖苦国民党政府的话，这都是没有事先准备的，也就是因为当时用英文讲课，并不要求让学生听懂才有可能的。

学生的程度和抗战前比较起来，有比较大的落差，个体差异也相当大。就阅读能力来说，没有听到过教务处或各系抱怨学生读不懂各课的英文教材。不过，据我观察，有一部分学生入学时，阅读理解还不够准确。1948 年入学的一个中等学生，翻译了一段《达夫大学物理》，译文中有几处原则性错误。在写的能力上，有的学生几乎没有语法错误，有的则错误较多。听和说则由于只有在课上听英语讲课和用英语回答问题，无法判断他们的能力。但是他们中的一些人在校时没有口语训练，只读了大量英语科技书刊，到了70年代末要出国当访问学者，不经培训就能胜任。这是否可以说明，听和说有点基础，大量阅读就可以达到用英语进行口头学术交流的水平？而现在所开设的几十小时的科技口语，没有科技阅读的基础是否有用？

1947年暑假，离学校不远的西苑举办青年夏令营，设有英语课。陈福田把大一英文教师组织起来去上课，每天亲自用吉普车接送我们。课程是由燕京的英文系主任Cockran主持的，只教发音。这样无聊的课，只因有点报酬，又不能违抗陈福田的命令，所以暑期留校的几个教师都去了。有一个学生在上课时，用相机偷偷把我拍下来，送了我一张照片。那个夏令营是反动派办的，吴晗怀疑给我拍照有什么目的，我觉得这只不过是那个学员对我有好感。

1947年秋季，我第二次教大一英文，陈福田改变了办法，把一个班的读本和作文分给两个人教。这样，一个人就教四个班，两个班读本；两个班作文。学生增加了一倍而每个班的接触时间减少了。学生程度比前一年又有所降低，那一年的教学我自己也不满意。1948年秋季，我第三次教大一英文，这次只教一个班，每周5小时，另一半时间陈福田先是让我替曹靖华改俄文课的练习。还没有开始，又改为替他自己改小说课的读书报告。我还没有改完学生的第一次读书报告，12 月 13 日清华园北方就传来了炮声。陈福田当时就逃进城，我的那一部分工作就没有了。1949 年春季开学时，我只有一班课。我自己组织起一个文科班，自选教材，以适应解放后的新要求。暑假后我改教俄语。这三年的大一英文课，是我一生所教的最高程度的英文课，我竟没有机会教更高档次的英文。

解放前在清华的那两年是我读书的第三次高潮。第一次是 1937—1938 年在天津家里，读了一些英文社会科学书籍，包括《政治经济学》《社会主义史》和《马克思传》。不仅英语知识面扩大了许多，而且接触到了马克思主义；第二次是 1943—1945 年在银行工作时期，我停止学英语，捡起了原来学过一点的法语和日语，开始学俄语、德语、西班牙语和意大利语。俄语是重点，每天晚上挑灯夜读，其他几种语言都是在上班时间工作间隙学的。不过，法德两种语言我都学到了能读中等难度的文章，总阅读量都在 1000 页以上，俄语则达到相当高的阅读能力，能写一些，还用真正意义上的交际法，用和俄国人“坐而论道”的方式学会了开口说话。我和苏联人交往都是用俄语。现在回想起来，我也纳闷，我当时那点口语能力是怎么和苏联人进行那样复杂的谈话的。

这第三次读书高潮中，我集中力量搞俄语。清华图书馆有一些俄国古典小说，在那两年里我大部分读完。时隔 50 年，中间又有 30 年不接触俄国文学，当时读过的小说不仅内容忘记了，而且有些连书名都想不起来了。只有两部小说对我产生的影响，至今记忆犹新。一部是屠格涅夫的《处女地》，叙述一个知识分子到农村去发动农民革命，因不顺利而情绪低落，最终自杀的故事；另一部是陀斯妥也夫斯基的《罪与罚》，其中描写了一个杀人犯怕被揭露的恐怖心理。本来都是好小说，但我读完时恰好反动派开始镇压民盟，这两部小说加剧了我的压抑心情，使我振作不起来。当然，我暂停参加民盟活动，不能归咎于这两部小说，但多少也有点关系。

我的兴趣是很广的，不能局限于俄国文学，所以除俄国文学作品外，我也读了其他一些俄文书，主要是将近 1000 页的列宁选集，其中包括了列宁的主要著作。1947 年秋季，我还捡起了英国文学。这是因为看到周珏良去美国，王佐良去英国留学，同时也是因为想暂避可能到来的政治迫害，我也萌发了出去一趟的念头。要想去英美留学，我只有考英国文学，不过，我的首选还是苏联。我又去了苏联领事馆，这次我不找原来认识的三个人，而找主持汉语班的汉学家潘克拉托夫。他说在苏联我可以教汉语和日语，每周十几小时就可以维持一家的生活，自己继续读书，但是，要有国民党政府的护照才能去。我又怎么可能拿到国民党政府的护照呢？赴苏的念头只好放弃。下一个打算是去伦敦大学斯拉夫学院，Lee—Woolf 介绍我去见英国文化委员会在北京的代表 Baxter，我说明想要资助。Baxter 说学俄文不可能得到资助，要想得到资助，只有去学英国文学。我不想走这一步，只好放弃去英国的念头。最后我想到美国哥伦比亚大学俄文系，我读过他们的一位教授写的关于苏联文学的书，觉得那个系应当有一定水平。我写了申请，陈福田写了推荐信，寄出后几个月收到回信，说接受我作研究生，但没有说给奖学金。我没有钱，自然不能去。这样，我一生没有机会去外国学习。

我的俄文翻译工作，是在这个时期开始的。先是 1947 年夏天为沈一帆翻译法捷耶夫的文章，其次是 1947 年秋季为白俄教授葛邦福翻译他写的俄国文学史，数量很少，只是试了一下自己的实力。

积极分子

1948 年 12 月 13 日，我刚起床，听见从北方远处传来的炮声，我就没有去上课。过了一会儿，外文系的何士俟来告诉我，陈福田一家去火车站了，只有陈定民去送他。我觉得纳闷，陈定民是一位进步教授，怎么和陈福田要好。那时有人说，清华解放，只走了校长梅贻琦，其余的人都留下来了。这话不确切。陈福田走了，敦福堂也走了。敦福堂是吴晗认定的反动分子，陈福田我觉得也是反动分子，但严宝瑜说不一定是。陈福田是美国籍，又已经走了，也就没有人断定他是不是反动分子了。

13 日下午，有一批国民党军队把大炮拉进清华，架在气象台上，我们都害怕。他们从那里向外开炮，解放军用炮还击，清华就遭殃了。我们还不知道，解放军为了保护清华，是不会开炮的。

到了晚上，听说校方备了酒菜，招待这伙丘八吃饭，哄他们睡下了。普吉院的住户自动组织起来守夜。我们看到西南方的山上有片片火光。想来，解放军从清华园北方一直向西南插去，打到那个地方了。有人说，等到天亮，还会有拂晓攻击。但是，第二天上午，清华一带还是沉寂。下午，听到北方近处炮弹落地的声音，感到地面震动。傍晚就听说，国民党军队撤到城里去了。第三天，即 12 月 15 日，解放军进驻海淀，清华大学解放。

12 月 19 日，一架国民党飞机轰炸清华。那天，我骑车去海淀，看见高空有一架飞机盘旋，并听到机枪声。回到学校，进了工字厅，就听见西边近处有一声爆炸，我赶紧趴在地上，又听见南边近处一声爆炸。走出工字厅一看，一棵大树连根拔起，倒在地上。我赶紧骑车回普吉院，走进家门，一看没有人，我想，爱人一定带着两个女儿出去躲避了，立即转身跑去找她们。这时听见普吉院南墙外一声爆炸，接着北墙外又一声爆炸，我跑出普吉院北门时烟还没有散尽，一堆人从烟里走出来，竟没有一人受伤。回头一看，爱人抱着不满 3 个月的小女儿维文蹲在墙边，大女儿维琪蹲在她身后，也都安然无恙。这次轰炸既没有伤人，也没有毁坏房屋，只是原定的复课不得不延期了，大家一起防空。有些人住进学校几座坚固的大楼的底层，看来是没有组织的，谁有需要谁就去住。外文系的陆慈，家住北院，她一家住进了图书馆中段底层的系办公室，上面有三层楼，比较安全。挖防空壕则是有组织的，我家来了几个不认识的学生，在院子里挖了一个坑，长 2 米余，高

1 米余，宽不到 1 米，用一张木板床翻过来覆盖着。床上面再堆一些土，还砌了几极台阶，上下很方便。普吉院里的一棵树上，挂着一根铁轨，有人守着。一有警报就敲响那根铁轨，大家听见立即下防空洞。不到 7 岁的维琪画了一个表，上面写着“李维文逃难表”。“难”字不会写，画了个“O”。每进一次防空洞，她就在表上画一道。头一两天，每天都有几道，以后就从少到无了。

我遇见张光年，知道他驻地在青龙桥。有一天骑车去青龙桥看他，同时也看荣高棠。一路上很少见到军人，青龙桥街上人很多。有穿黄军装的，有穿蓝制服的，连同张光年穿的灰制服，我就看到了三种颜色的服装。听说黄是军；灰是党；蓝是地方。张光年和荣高棠都出去了，我扑了个空，只和取材料的某师宣传科长谈了一会儿。

在等待北平解放的日子里，学校有一些活动，教联会组织了几次学习。有一次讨论这场革命为什么是资产阶级性的民主革命。我虽读过联共党史和列宁著作，对这个中国问题却答不上来。最后，是刚从解放区回来的吴徵镒作了解答。他说，这场革命反对帝国主义、封建主义和官僚资本主义，而不反对民族资产阶级，所以是资产阶级性的。还有一次，大家议论共产党会不会腐化，我说共产党员受过生和死的考验，不会腐化。许京麒说，共产党有批评和自我批评，可以防止腐化。我们还听过钱俊瑞的报告，那时对党史有所了解的人不多，在油印的报告记录中，“井岗”两字还写错了，我也看不出来。学生宿舍大饭厅前，常常贴出一些大字报，都是拥护中国共产党的，但有一次出现了一篇文章，腔调与众不同，我没有细看，只记得文中引用了《联共党史》的一段话，还特别注明是《联共党史》，不是《联共党史简明教程》，看来是反对斯大林的。后来听说，清华有个托派，叫涂象初。1 月底，北平和平解放，教联会组织进城工作队，由一部分教员、助教和职员组成，外文系只有我一人参加。2 月 3 日是解放军举行入城式的日子。进城工作队从清华园火车站乘火车到朝阳门，然后走到前门。到了那里我才知道是看解放军入城。参加入城式的部队很多，步兵为主，骑兵、炮兵和坦克都有，走了好几个钟头。入城式结束后，我们走到沙滩北大理学院，在那里住下，在一间大教室里打地铺，伙食是自办的。以后几天每天出去工作，记得参加过北大的会，和辅仁的几位教授座谈，去过汇文中学和西四的一家中学。去西四的这一次，我是和刚认识的机械系教员王祖唐一起走去的，边走边谈，记得他还说“中国地大而物不博”。说也奇怪，自从那天以来，50 年过去了，我们再也没有机会谈过话。工作队分为若干班，每班有一个班长，拿着小旗，我们班的班长是许京麒。1947 年我在吴晗家的会上见过他，过了几天又在吴徵镒的房间里见过他。我还以为他要参加民盟呢。这次他带我们班，经常不在班里，把小旗交给我拿着，去西四某中学那天，他是最后赶去的，我正为传达钱俊瑞报告为难，他一到把记录稍看了一下就上去讲了，所说大多是他自己的话。过去一个多月，我在工字厅的一间屋子里听到有人喊许京麒从市委学支科来电话了，通知去开会。这时候，我才知道他是清华地下党的领导人之一。我在工作队里住了6—7天，有一位同志回了一趟学校，给我带来了爱人的条子，说小女儿病了，要我去借岳父的汽车，回清华接她们进城看病。第二天清晨，我打包好行李，去岳父家借了汽车，回到驻地，带上行李。刘世海也带着行李搭车，一同回到学校。我接母女二人进城，放在岳父家，自己乘校车返校。这样，庆祝和平解放的群众大会我就没有参加。

就在清华解放的最初日子里，刘世海对我说，有人怀疑我。我问是谁，他只说“有那么一套人”。我已猜出是地下党员。我问，怀疑我什么，他说怀疑我是特务。我爱人在旁边听到大呼“冤枉”。我问：“既然怀疑我为什么不把我抓起来？”他说：“还没到时候。”那时候，我有一种朴素的信念：党是不会冤枉好人的。所以，尽管他说得可怕，我却并不紧张，只是感到窝囊。我恨国民党，盼望解放，不料盼到的却是“特嫌”。实在可悲！我要申辩，又不知道谁是党员。我想外文系的新助教严宝瑜可能是，就去找他，把1945—1948年这一期间我想革命而又动摇的历史都谈了，他没有表态，我又再找他谈，最后他烦了，他说“你不能靠说来解决问题的”。我想：这话也对，而且我估计对我有怀疑的人只是个别人，不代表组织意见，我又何必着急呢？我这个估计后来证明是正确的。1952年“忠诚老实运动”，组织上对我表示信任后，袁泰见到我向我道歉，假如当时是组织意见，他个人又何必道歉呢？

我虽没有从严宝瑜那里得到我所希望的“平反”，却得到了他对我的一些了解。他说：“原来你是很革命的。”另一次他又说：“有同志说，你对理论懂得很多，什么叫左，什么叫右，比我们的同志都清楚，可就是行动不是那么回事。”这两个似乎矛盾的评价，正反映了我理论脱离实际的缺点。他开始找我和他一起做群众工作。文学院长冯友兰被撤职时，他怕代理系主任吴达元接受不了，就派我去做他的工作。同时，他对我的业务也很欣赏，他说：“你学外语很有办法，其中必有合乎辩证法的东西，要总结出来。”他这话可能自己早已忘了，我却还记得，我现在正在做这项工作。

那时候，党还在地下，但是如果有人猜出一位同志是党员，他也不否认。我猜严宝瑜是党员，他说他是候补，我连着猜了几位党员，都猜对了。严说：“你不要再猜了，我要犯纪律了。”

虽然已经解放，考验还是常有的。可是我还是在半心半意地干革命，遇到考验，还是回避。1949 年的春天，我两次拒绝离开清华出去工作。一次是在报上看到华北大学招聘俄文翻译的广告，以为是业余工作，就译了一篇短文寄去，过了不多日子就收到回信，约我去面谈。我到那里，见到了两个穿灰制服的干部，这是解放区来的干部服装，他们一见到我，就说：“先搬进来，家属以后照顾。”那时，清华已经开始发工资，我自然不想换个供给制的岗位。我说：“我的家需要我的工资，我不能响应你们的伟大号召。”另一次是老友吴炎来找我说，华北军区卫生部有苏联专家，需要俄文翻译，问我去不去。我看到他在那里当营级翻译，生活那样苦,我去了也一样,就没有去。这两次都不是清华党的派遣,我完全有选择的自由,但是暴露了我留恋安逸生活的思想。

1950年夏天,我又遇到了一次考验。那时候,朝鲜战争爆发,党号召参加援朝工作,清华有教师董寿莘报了名。我刚刚申请入党遭到拒绝,情绪很低落,但我还是考虑是否报名参加,进行了几天的思想斗争,最后仍然克服不了自己的惰性,虽然高标准要求自己,但积习难改。

解放前夕,我被外文系的讲师、教员、助教推选为教联会代表。1949年前半年,我的社会工作主要是在教联会。我被选入几个工作小组,出了一些主意。我所建议的办法都是既能为大家所接受也对自己有利或能减少自己的损失的。一件工作是工资调整,按照教育部的规定,助教和教员工资都从400斤小米开始;讲师工资从800斤小米开始,按年资往上加。我的工龄只有3年,我应得的工资和助教差不多,比解放后已得到的工资还少。我于是建议为教员另定一个工资起点,在400斤小米和800斤小米之间。这个建议是否合理,要看教员的工作和助教是否有差别。外文系的教员和助教的工作都是教大一英文,没有差别。但是,其他系的教员代表说,他们的教员和助教确是做不同的工作,我的建议就通过了。外文系的讲、教、助开了一个会,按照教联会的实施方案定下各人的工资,英国教师Lee-Woolf,美国教师Kidd和Brown也参加,因为他们也按中国教师的标准拿工资。会议由我主持,用英语说明工资方案制定经过和自报应得工资的程序，三个外国人各有一个中国教师帮助弄清楚用中文写的条例。会议开得很顺利，大家比较满意。

另一件工作是房屋分配。这件工作遇到很大困难，教联会手里并没有多少房子，只能和校秘书长陈新民商量压缩教授住宅，挤出一些房间给教、助和职工。但这样房子还是不够分配。我提出我可以让出我的一半房子。普吉院的房子很容易分割，原来就是教员住一所，助教住半所，我让出半所，是牺牲了我的既得利益。但我这一步就使得工作小组可以去动员住房比较大又容易分割的同志也让出一部分房子。有人不愿意，对我冷嘲热讽，但是毕竟大家是愿意进步的，最后还是挤出了一些房间。教联会为了“安抚”让房的人，规定他们可以参加分配，使他们有机会换得比剩下的半所稍大的房子。分配的办法是：把待分配的房子按大小和好坏排队，参加分配的人按积点排队。开分配会时，按积点多少的顺序点名，点到谁的名字谁就上去挑房子，点名不到就作为弃权，这是分房制定的规则。我的积点不多，能分配到的房子不太好。可是，我前面的一个人，土木系的王继明，在点到他的名字时恰好不在，下面点到我的名字，我就上去挑了本该他得到的较好的房子——北院 17 号甲。他回来时只能挑本应属于我的较差的房子。他认为我挑的房子本该是他的，要求我跟他换，我不同意。我拒绝他的要求是合乎规定的，但是与群众争利对我这样一个以党员标准要求自己的人来说，就不好了。王继明只好住进了他不满意的房子，虽然不久他就得到了较好的房子，但对我的怨气却经久不消，很长时间不理我，直到70年代，我在给排水教研组替他翻译技术资料时，他与我才又开始交谈。

还有一件事是升级，我建议助教三年自动升教员，教员三年如果水平够就可升讲师。在暑假期间，我在一次系会上提出陆慈应当升教员，我应当升讲师，陆慈的问题很快就解决了，我的问题却压了下来。因为校务委员会讨论时，我已经转为俄文教师，能否升级要看我的俄语水平，而不再看我的英语水平。我刚出版了我译的一本苏联小册子，送去给北大一位教授评审。那时候，我的俄语理解能力已经很高，那本小册子的俄语很浅易，可是我的译文比较生硬，是经编辑润色后出版的，所以那部译著并不能代表我的真实水平。那位教授对我的翻译的评语是“基本上是好的”。副教务长李广田说：“什么叫基本上，究竟是好还是不好？”于是压在一边。直到1950年夏季，我才升为讲师，可是牵动了另外两个人，曾任国民党驻苏副领事的张坚和张结珊二人，任讲师才一年和半年，因为我升了讲师，就把他们升为副教授。助教刘华兰，职称低得不合理，改聘为讲师。我自己要求升级，在系里引起了非议。在还没有落实之前，严宝瑜就对我说：“你自己要求升级，影响很不好，前些日子系里选代表，你就因此没有选上，你本来对英语教学工作也可以提些意见的，你落选了，就影响了系里的工作。”我说：“以我的业务水平，长期当教员实在委屈，如果升了讲师，我今后就再也不要求升级了。”我说的话是算数的。1952年学校把我升为副教授，就是征求过清华分配去北大的教授李毓珍的意见后决定的，李的回答是“早就够了”。1956 年，教研科吕应中问我要译著，准备升我为教授，我把译著都交给他，但是声明：“我只有翻译，没有著作，不够教授资格，不想升教授。”我的实事求是的态度是相当彻底的。

上面所引的严宝瑜的话，需要解释一下。他说的选代表一事，我毫无所知，大概只是关系到英语教师，而我那时是俄语教师，所以没有参加。可能是严宝瑜提我，大家不接受，而严宝瑜想把我塞进去，则是由于当时学校的情况，清华党刚公开，还没有领导起学校的工作，基本上还是非党教授治校，需要进步的青年教师去做他们的工作，我当时就起这种作用。可是，我当时思想比较左，总觉得老教授落后，严宝瑜是觉察到的。1949 年夏天，陈毅来校演讲，说到纯洁观点，指的是左倾关门主义，严宝瑜坐在我旁边，捅了我一下说：“你就有纯洁观点。”

由于我有纯洁观点，1949 年夏天就和系主任赵诏熊发生了一次冲突，是对是错，现在也不会有人去研究了。1948 年 12 月 13 日，陈福田逃走时，把系务交给了吴达元，所以解放后一开始，系里的工作是由他负责的，但是不久他就被比他进步的教授赵诏熊所取代。赵有他自己的主张，别人的话不容易听进去，听说有一次严宝瑜被他骂哭了。

1949 年的夏天，大一英文已经取消，不再需要那么多英语教师，那时不再每年发聘书，也没有解聘之说，只有工作调动。讲师文启昌调到国际书店，助教蔡裔调到某中学。但是英语专业的教师队伍却需要加强。李霁野正好想来清华,我也希望他来。因为他是进步作家,鲁迅的战友。何士俟是他在辅仁大学的学生,更乐于为他奔走。有一天晚上,李霁野突然打电话给何士俟,说他得到消息,清华要聘王佐良、周珏良和李赋宁,名额恐怕只有一个,如果聘请那三人中的一个,自己就没有机会了。何士俟马上跑去告诉我,我有了思想准备。当系主任在会上说要聘王、周、李三人时,我就发难了。我说,他们三个人代表着清华外文系的传统,他们的文学观点是资产阶级的,我们需要的是李霁野这样的革命文艺工作者。我的话当时没有引起争论,可能大家并不关心。我得到了严宝瑜和陈定民的支持,加上何士俟,就成了"四人小集团"。我们一起去找樊恭休,樊那时是清华党总支委员,以教联会副主席身份参加校务委员会。他对我们没有积极支持,也没有批评我们。结果,王、周、李三人和李霁野都没有聘,只聘了钱锺书,李霁野被南开大学聘去,这场争论就结束了。我得罪了几个人。王佐良夫人徐序,就在系里工作,是听到我发言的。表兄周一良问我为什么反对周珏良回来。我说,这不是我个人的意见,而且也不是反对珏良一个人。一良毕竟隔了一层,我们还是继续交往。但遗憾的是,几十年来,珏良则始终没有和我恢复原来的亲密关系,就与世长辞了。王佐良和我本来就不熟,后来也只是见面时客客气气而矣。赵诏熊当然对我不满,他的夫人林筠因是我在南开大学的老学长,她对吴炎说过,我这人冷酷,大概是指这件事(周一良的夫人邓懿也说过类似的话)。但我和赵诏熊、林筠因两夫妇的交往，也断断续续地维持到最近赵诏熊逝世。至于李赋宁却有一件怪事。1949 年的冬天，李赋镐去我家，说李赋宁想回清华。为什么会去找我？也许是怕我再反对？我当然不会再说什么，李赋宁终于应聘回来，我和他的来往虽不密切，但 1952 年分开后，我还有时去看他，我们的关系没受这事影响。

在那一时期，我除了工作之外，还参加一些其他的活动。我参加过多次欢迎群众参加的党员发展或转正的会。有些细节至今还记得。一次一个学生支部的党员转正会，转正的党员是后来一度任基础课党总支书记的余兴坤，会上说到他做工人工作，靠近工人阶级的基本队伍。我是第一次听到这个名词；吴晗夫人袁震那时做妇女工作，对象都是家庭妇女。在她的发展会上，她的介绍人之一，我在吴晗家里见过的姓于的女同志没有到会，会上宣读了她的信，信的开头也很特别："1947 年去城工部汇报工作，回来时路过清华，认识了袁震。"在会上有人给袁震提的意见很严肃："你的爱人是民主党派，要注意界线。"还有一条是关于思想意识的，说她爱指挥别人，刚才请群众提意见时就是这种态度；电机系王遵华的发展会上，他的嫂子邵景渊说他把未到期的存款取出来支援他的另一个哥哥，我觉得这算不了什么优点；经济系朱声绂的转正会上，有人说到他犯过纪律，在党未公开时，把自己的党员身份暴露给他的爱人；李广田的发展会上，大家意见很多，他的爱人说他和一个女学生关系不正常。这些会，我都是带着耳朵去的，只有社会系张荦群的发展会上，我发了言。那天社会系的同事意见最多，胡庆钧、袁方、全慰天、刘世海都发了言，我的一条是关于他的革命性的。我说，我没想到，他会要求入党，前些时我向他说起学校的一项措施，他不满意，说："我还不如做买卖去了。"支部会通过了，但到会的总支委员廖叔俊说还要进一步听取群众意见。支部委员夏瑜找了社会系的几个人和我，谈了一个晚上，结果张荦群没有得到批准。

我参加了几次在城里开的群众大会。5 月下旬欢迎参加和平大会的代表归来的大会和纪念"七・七"芦沟桥事变的大会，清华都没有动员群众去参加，而是只去了少数积极分子，一辆卡车就够了。5 月下旬的那次会，是下午开的，到达天安门时，正好发出防空警报，大家分散到各条小胡同去，敌机没有来，又聚拢来开会。"七・七"的那次会，正赶上下大雨，会又是在晚上开的，回到家已是夜里 1 点多钟，而且浑身淋得透湿。"七一"纪念党的生日的会，不知为什么没让我参加，外文系是徐序去的。"十一"的大会是自愿参加的，外文系的学生差不多都去了，教师去的不多。那天文学院的领队是中文系的余冠英，听说他曾在苏区当过地委书记，不知为什么脱了党，当了教授。外文系的领队是我，在余冠英领导下。进城是坐火车到西直门，步行到新街口南边端王府北大工学院，在那里休息吃饭。外文系的学生一到端王府就跑到后边去了，我也跟着进去。外面的声音一点也听不见，大队走时，我们不知道，因此掉了队。大队发现丢了人，派人回来找，我们才赶紧跑去追队伍。为此，担任联络的学生董恭裕挨了批评，而没有人批评我。我觉得对我的要求比团员低，心里不是滋味。那天是开国大典，天安门广场北头，原有很多树都砍掉了，比原来宽敞了许多，那天又赶上下大雨，开会时停了。清华的队伍站在后面，看不见主席台，连毛主席宣布“中华人民共和国成立”的那几句话也没听清楚，但散会后我们淌着水走过主席台前时，清楚地听到了毛主席喊口号的声音。这样，一解放，我就在党组织的领导下工作，和民盟没有恢复关系，也不知道民盟组织是否有活动。直到季镇淮找我，让我登记时，我说我不登记了，这就正式离开了民盟。

俄语教师

刚一解放，我就想教俄语。我给学生会写信说，我愿意义务教俄语，请他们组织一个班，但是没有得到答复。表弟周景良认识几个体育教师，介绍我去给他们上了几次课。4—5 月间，曹靖华去布拉格参加和平大会。他教的第一年俄语和第二年俄语本来要请他介绍来的龚纯青（龚人放）暂代，龚不愿意增加工作负担，由我去代了几周课。课是教下来了，但没有受到学生的欢迎。严宝瑜告诉我，有学生说我的俄语发音像英语，但我不气馁，还是要求下学期改教俄语。系主任赵诏熊不同意，说对我另有安排。后来他告诉我，英语教学要学习苏联，能用上我的俄语。可是温德那时候讲马克思主义文艺理论，根据的是英国共产党员作家 Caudwell 的 *Illusion and Reality*，我读过那本书，觉得和苏联的讲法不一样，向温德提出疑问，赵又嫌我多事。

暑假后，我既不是教俄语，又不是教英语，而是调去了大课委员会，即那时的政治课教研组。我调到那里去，是根据张荦群的推荐，我们常在一起谈马列，他认为我水平高，他去大课委员会当秘书，就建议把我也调去当秘书。大课的讲员都是教授，其中有翻译过《资本论》的王亚南，他是马克思主义经济学的专家，其余的教授讲马列，都是“半路出家”，但是听到刘世海说，陈岱孙讲剩余价值，只用了7分钟就讲清楚了。秘书的工作是看学生的讨论记录，找出问题。这是思想改造工作，虽然也需要理论，但更重要的是联系实际。刘世海说过，我们有理论水平，但思想水平不够高，也就是用理论解决实际问题的能力不强。此外，我还参加外文系一年级新生的讨论，并跟着严宝瑜对他们做些工作，其实也是事务性的。例如，早晨到他们宿舍去敲窗户，叫他们出来学唱革命歌曲，由严宝瑜教唱和指挥。我在大课委员会工作不到一个月，就回到外文系教俄语。

那时候，曹靖华因对清华不满，已去了北大，把他的学生龚人放也带走了，俄语教师都是新来的人，吴晗介绍的苏侨吉利洛夫；沈志远介绍来的张坚；还有地学系教授袁复礼的夫人廖家珊，她是临时来帮忙的，只教了一个学期就走了。北大支援了一个俄国史教授朱庆永，但他根本不愿意教俄语，他把课推给我就走了。所以，实际上只有吉利洛夫、张坚和我三个人，但是不久又来了张坚介绍的张结珊和不知道谁介绍来的刘华兰。1950年历史系教授白俄葛邦福，因不适于再教历史，转来外语系教俄语，又聘来了李毓珍（余振），而吉利洛夫却走了。1951 年增聘了教授田宝齐，以及在北大因跟曹靖华不和而来清华的教授李绍鹏，还有一个不记得什么时候来的德国夫人赵林克悌；原来的英语教师陆慈和张秋华，学了一个时期俄语也转到俄文组。这样，到院系调整时，俄文组有 11 人。

开始时俄文课每周 5 小时，有些学生想学而没有那么多时间，又开一种每周三小时的简易俄文，只是时间少一些，教材和教法是一样的，都是只学一年。1950 年，俄文课统一为每周 3 小时，仍是一年的课程。学生都是从字母开始学，在那样短的时间内，只有少数学生学到能开始阅读。

那年秋天，我又和赵诏熊发生了第二次冲突，不过这次不是正面的。新的一年级学生有很多不愿意主修英语，要求开设俄文组和法文组。要求改学俄文的学生怀疑俄文要从头学起，年内能否学有所成。他们找我去给他们讲一讲，这变成了动员报告。我列举数据，说明在 4 年内学到能做俄-汉翻译没有问题，这并没有满足学生的期望，他们是想知道 4 年内是否能够达到四会，但是我讲话后，外文系一年级近半数学生要求转俄文组。英语有一句谚语说历史往往会重演。正像前一年陈福田把一年级学生罢英文课归罪于我，这次副教务长费孝通和系主任赵诏熊又把学生要求成立俄文组归罪于我。费说，我想独立门户，刘世海把他这话告诉我，我去他家向他解释，说这是学生的要求，不是我鼓动的。

费对刘世海多嘴大为不满。这时候，赵诏熊突然患病，病得很重，不久，辞去了主任职务，换上曾参加南下工作团、在武汉大学当过军代表、回清华不久入了党的法文教授盛澄华。1950 年春，俄文组和法文组同时成立。外文系一年级一部分学生转入俄文组一年级；几个二年级学生和几个外系的学生组成了俄文组二年级，名为二年级，其实和一年级合班上课。1952 年这批从二年级开始的学生共 12 人毕业，全部分配到中共中央编译局。他们是俄文组唯一的一批毕业生。盛澄华任命吉利洛夫为俄文组组长，指定我做他和吉利洛夫之间的联络员。1950 年夏天吉利洛夫走后，我请大家另选一个组长，大家选了我。1951 年秋，因来了新人，我又请大家选组长，大家还是选了我。在这期间盛澄华因病辞去系主任职务，由吴达元继任。系主任走马灯式地替换，我这个民选组长却没有更换，也没有正式任命，大家"心照不宣"。组长的工作主要是根据教育部颁发的课程表和大家商量分配工作。我为了调动几位教授、副教授的积极性，总是把他们喜欢的课分给他们，我想教俄国文学课，但把文学选读让给了李毓珍。1951 年我自己担任了译作这门繁重的练习课。我本想等有四年级学生时教文学史，但这一天终于没有等到。1952 年院系调整时，我想教的四年级学生和二、三年级学生一起转到北大去了。除分配工作之外，组长没有多少工作可做，教学检查之类那时是没有的，即使有，我一介讲师，又怎能去检查教授和副教授呢？我只有努力团结他们，让他们安心工作。因此，我这个组长实际上还是在做群众工作。可是我和几个教授、副教授言不及义，一味搞无原则的团结。当时俄文被认为是革命的语言，但是教俄文的并不一定革命。俄文组的教授、副教授中，有的人历史复杂，思想落后甚至反动。我没有察觉到，也缺乏帮助他们进步的能力，结果俄文组的工作没有搞好。在外文系我倒是做了点工作。1949—1950年我被选为工会小组长，负责全系政治学习。我主持会议，引导大家讨论，还有些办法，严宝瑜对我相当满意。德文教授杨业治对我说："平时看你不大说话，可是开起会来侃侃而谈。"我对自己的政治学习也抓得比较紧，住在北院的几位教授，包括中文系的吕淑湘，物理系的孟昭英、王竹溪，自发组织了一个学习小组，我也参加了。严宝瑜说："你是不是太忙了？"

我在一年级学生中间有一点威信。1950 年寒假，京郊正在搞土改，清华动员学生去参加。严宝瑜说，如果我去，就可以带动一部分学生去。当时农民生活很苦，我不大想去，但既然是工作需要，我也就同意了。正好学生会在寒假里办俄文班，请我去教，我也就没有参加土改。

在当了一年多积极分子之后，我开始滑坡了。事情是这样的：解放不久，我就开始业余从事翻译，我的翻译工作都是外面出版单位来求我做的，这也是革命工作的需要。但是业余搞翻译拿稿费，问题性质就发生变化了，变成搞"外快"，被认为是起腐蚀作用。我开始时为出版社译书，数量不大，稿酬也低，但是有了"外快"，总归生活水平高了，就不愿意降下来。因此，1950 年夏天，我申请入党时决定放弃翻译是经过思想斗争的。我要求入党，不是为了个人利益，但也不是单纯为了信念，而是由于不甘落后，所以我的入党动机是属于“潮流型”的。另一方面，我也看到了严宝瑜对自己的要求很高，替别人上了几周课还不肯收别人的小礼物。我觉得，党员在经济上应当这样。我搞“外快”就不符合党员条件。入党呢，还是改善生活呢？为了这个问题，我苦恼了很久，最后终于决定干革命。可是，我向严宝瑜提出入党问题时，他却迎头泼了我一盆冷水。他说：“群众对你意见那么多，你怎么能入党？”他向我转达的群众意见是说我给赵诏熊送红包。这当然是谣言。我这人任劳不任怨，他这一棒把我多日积累起来的一点热情都打掉了，产生了自暴自弃的念头。恰好这时，我认识了陈冰夷，他是苏联塔斯社所属时代出版社的社长。我替系里去苏联对外文协的书店买书时遇见了他。那时，俄文人才是奇缺的。他初见到我就给我一本大书，让我翻译，书名《苏联怎样消灭剥削阶级和阶级差别》。这就是后来解放军高干人手一册的那本书。1956 年清华党委副书记陈舜瑶还到处找过，在当时是很有价值的。我第一次交稿，陈冰夷就叫出版社经理牟某追到清华校车站，请我去他们那里工作，我谢绝了。到了十一月，那本书已经译了 3/4，陈冰夷又请我去工作，可以每周只去两天。我回来和系主任吴达元商量，能不能调到时代出版社去，正好钱伟长在座，他说：“清华很快就要和北大合并，地位更高了，辞职多可惜。”我也不想离开清华，只不过想得到学校同意去时代出版社兼职。钱、吴都没有反对。于是我开始了在时代社一年零两个月的工作。我每周只在那边上两天班，可是工资只比全时工资稍微少一些。我当然不能把自己的工作限于两天，所以不去上班时也拿出一部分时间为他们工作，以不辜负他们给我的待遇。这样，我的翻译工作极度膨胀，对清华的工作就不能全心全意了。工会改选，我提出不再连任小组长，和严宝瑜的接触也就减少了，俄文组的工作我还是照常做，但是学生们来找我，有时我不在家，这引起了他们的不满。不过，在政治上我也还是不甘落后的。1951 年春，我班上的学生，下乡宣传抗美援朝，我是少数几个跟着去的教师之一。

我在时代社的工作令人满意。我的工作是有稿子要审则审之，没有稿子要审则自己翻译。我断续译完了第一本书的最后 1/4，又译了第二本书的大半。第二本书名《列宁和 19 世纪末 20 世纪初俄国文学问题》，语言和内容都比较难，也是一本有价值的书。我离开时代社时，把已完成的译稿留在家里，准备将来有机会再继续译，可是时代社的新社长易定山说，那本书的作者是犹太人，不能出，我只好作罢。“文化大革命”中译稿被毁掉了。

我审校的书有几本还记得。一部是蒙古史专家余元庵译的一个苏联历史学家的小册子。这本书有相当难度，而译者的俄文像是初学，力不从心。另一部是付克译的文学作品，也有不少理解错误，书名译为《两个队长》，其实两个人都不是队长，而是一个船长，一个上尉。还有一本是余振（李毓珍）译的莱蒙托夫诗选，

《亚洲曙光》,李相崇、徐箸青译

质量是比较高的,但也有译得不妥之处。我和他住得很近,每隔几天就把我发现的问题拿去和他商量怎么改,这一则是对他的尊重,二则是他的中文比我好,可以改得更好些。他很谦虚,我提的意见他都接受,我们由此成为莫逆之交。

解放后一连七年,我很少自己读书,这一年的翻译工作使我的俄语水平有了相当大的提高,不仅阅读理解的能力,而且我没有练习的俄文写作也有进步。从这里我取得了一条学外语的经验:仔细的阅读,可以培养起写作能力,不需要专门学。

时代出版社拥有一批优秀的文学翻译,可以举出一串:姜椿

《高尔基》，李相崇译

芳、陈冰夷、孙绳武、叶水夫、蒋路、伍孟昌、许磊然、张孟恢、杨仲德、辛未艾、盛草婴等。我和他们比较起来，在俄文理解上不一定有多大差距，但中文表达能力差得很远。文艺创作我不能译，只能校，而理论文章我是译得十分准确的。1954 年全国文艺翻译工作会议，我是代表之一，参加苏联东欧组的讨论，但我概不翻译文学作品，也就没有成为文学翻译。在那些著名的翻译中，我只和少数几位同过事，但他们差不多都知道我。我逐渐地由积极分子转变为业务尖子了。

1951 年春，传来了准备进行教育改革的消息。钱伟长想出一个对策：清华自己搞教改。他提出方案，发动教师讨论，其内容只不过是把清华扩大，外文系升为院，俄文组变成俄文系。我想，如果不从外面请来一个系主任，我就要当系主任了，这当然是不可能的。

首次冲击

我在时代社兼职后，在清华我只摆脱了一部分群众工作，教学工作还是照旧。那时要求学俄文的人很多，而俄文教师紧缺，所以每个人担任的课都比较多。我教俄文组二、三年级的时事文，教材是《联共（布）党史简明教程》。另外教两个外系班的俄文。校内校外的工作也够我忙碌的。1951 年秋天，我继续教俄文组三、四年级的时事文，又教二年级的译作。译是汉译俄；作是俄文写作；每周要改练习，还有一班外系俄文。教学工作又加重了。那个学期我又出任外文系工会小组长，负责全系的政治学习，又赶上思想改造开始，这不是搞运动，所以不停课。这样一来，我每天工作 11—12 小时，节假日也不休息。

1952 年 1 月，全校开展“三反”运动。“三反”就是反贪污、反浪费、反官僚主义。外文系是个清水衙门，贪污、浪费都微不足道，教师所要做的就是和学生一起搞思想改造，要改造的只是教师，而学生只是批判教师，以帮助教师改造。这样一来，我教的俄文组三年级学生，初来时是我对他们做工作，而现在我成了他们的批判对象，这也是我咎由自取，谁叫我自己滑坡呢！

我听到教务长周培源在大会上说，有一个工人在工作时间干私活，我觉得我在外面兼职也是同样性质的问题，于是立即去时代社把工作辞了。我在那里的工资约为我在清华工资的三倍。我毅然决然地辞掉也是要求进步的表现，可是并没有得到谅解。有学生在大会上批评我，说我身为组长，工作不负责任。我不知道运动中是不准辩解的，当即予以驳回。我主要的论据是，系里从来没有任命我为组长，我无职无权。这件事严宝瑜去问吴达元，吴说不清楚，又去问盛澄华，盛说当初只任命我为联络员。有几个学生听到我辩解异常愤怒，马上要再轰我一下，不知被谁制止了。那个班上一个跟我接近的学生胡荆州对我说："他们要造反了。"会后，我悻悻地回家，严宝瑜跟着我，要和我谈运动下一步怎么搞。我说，学生对我这样，我不干了。严说："你不是要求进步吗？"我说："我不要进步了。"严宝瑜只好走了。但是学生要批判我，虽不是全体，也不能压制。所以严宝瑜对我做工作，要求我接受批判，作自我检讨。他先说，我那天发脾气的话已经没有原则了，他又说外面的人找我搞翻译，确实是需要，但是我接受这项工作，说到底还不是为了钱？他说，我的滑坡他也有责任，我对他提出入党时，他不应当那样打击我的积极性，组织上曾批评过他，但主要责任还在我自己。他对我的问题也没有看清楚，没有及时帮助我，还为我说好话，有同志批评他说："你怎么把李相崇说得那样好？"听了他的话，我心平气和了一些，党组织并没有把我推到对立面去。在后来的会上，学生对我的批判更严厉了。有一个学生说："李相崇这个人就是资产阶级思想。"学生们说，我的资产阶级思想影响了他们，大概是因为一年多以前，那个班有几个学生集体翻译了一本小册子，由我修改后出版了，可能有些同学也想这样干。批判我最激烈的那个学生其实是班上最落后的一个人，也许要靠批判我来求进步吧？

教授们普遍都要"洗澡"：批判自己的亲美、崇美、恐美思想。其余的教师提意见。我不是教授而且也没有那些思想，可是我也被指定要"洗澡"。钱锺书说："这对你 unfair。"我服从组织决定，和教授们一起作检讨。我的检讨我认为是比较深刻的。我说我有资产阶级个人主义思想，所以我有过动摇，大搞翻译也是一个动摇的表现。但是，我也说了糊涂话，我说我再进步就是要求入党，我已经不要求入党，所以我就不知道该怎样进步。学生党员李宗禹说我这话可笑，我第二次检讨时他说："你不站在工人阶级立场，怎么进步？"他这话向我指明了前进的方向，但是却使我对自己失去信心：原来我竟没站在工人阶级立场上，还算什么积极分子？第一次检讨没有通过，我很懊丧，脑子里突然闪过一个念头：早知如此，还不如去了香港呢！为了这一闪念，我后来感到惭愧，这是革命者所不应产生的念头啊！第二次检讨，我的认识其实没有提高，但是通过了，也许是"保护过关"吧。

那次运动没有绝对的挨批者。自己挨批检讨的同时，还可以批别人，帮别人作检讨。在系外我被派去帮费孝通作检讨，我对他没有了解，当然提不出意见。在系内，我给吴达元提意见，但也为他澄清事实。学生们批评他挤走了曹靖华，我说曹靖华是因对清华校方不满而自己要走的，与吴先生无关，吴对我表示感谢。同时吴达元也帮我分析我的思想。在一次会上，李绍鹏说了一些话，我不点名批评他，他听了连打自己几个耳光，说："我该死，不说了。"这样一来，我和他的无原则的团结也难以维持了。其实，李绍鹏应当是外文系的重点，他出身翻砂工人，20年代入党，在党中央工作，被派去苏联留学，回国后不久脱党，据他自己说是因为被人拉去见了一次陈独秀。脱党后他做国民党的官，越做越大，最后官衔和少将相当。我觉得他有过光荣历史，一直对他很客气，在那次会后，严宝瑜还对我说："你是不是有点崇拜他?"不记得为了什么原因，我和张坚的关系也恶化了。在"忠诚老实运动"中，由于我和这两人关系不好，组织上把我调出俄文组，让我和英语教师一起交代历史。

我检讨之后，受到了一些表扬。新清华登载了我放弃高工资，辞去时代社职务的消息。批评我最激烈的一个学生（恰好在班上也是比较落后的）说，看见我自己检讨又给别人提意见，很是高兴，严宝瑜则说："批评你是为了使你能更好地为党工作。"这也是对一个积极分子说的话，但我的压抑心情并没有消除。

"忠诚老实运动"的做法是分成小组，每个人轮流交代自己的历史，其他的人听着，提些问题。开始前，严宝瑜说："你不是说有人怀疑你吗？可以借这个机会说清楚。"我听了这话很不高兴，心想："我和你一起工作了三年，你还是不信任我。"因此，我交代历史时是有情绪的。我所交代的主要是前面写的事，但只能简略地谈，而在简略中恰巧遗漏了在军调部期间许承志找我这件事，这是我的一个重要失误，假如我当时谈了，组织上就会调查。结论可能会拖延，但那时搞清楚问题比十多年以后也许会容易些。

从交代完毕到组织作结论，有一段间隙，对交代出重大问题的人做工作。严宝瑜让我对法语教师徐继曾做工作，他抗战时期在国民党军队里当过排长，一次下令鞭打两名逃兵，不料竟打死了。我对他说党的政策是宽大的，劝他安心等待处理。其实，他的问题很特别，究竟是什么性质，我也想不清楚。

过了不多日子，结论就下来了，是教育部下来的同志以个别谈话的方式宣布的。对我宣布的是："你交代的历史属实，组织上对你表示信任。"我感激之余检讨了自己曾经怀疑党不信任我。那位同志说："你怀疑党不信任你，其实是你不信任党，党是不会随便怀疑一个同志的。"谈话结束时，他让我把所口述过的历史写成书面材料交上去。在写这材料的过程中，我突然想起口头交代时忘了说国民党特务许承志曾经找过我一事。外调已经过去，这事在档案中就是一个未经查证的问题。我好像给自己留下一颗定时炸弹，将来会有麻烦的。可是如果不写，就是对党不够忠诚老实，我是心里不得安宁的。因此，我还是写了。果然，在"文化大革命"中遇到了麻烦，这在前面"告密者"一章中已经叙述过了。

结论作得这样快，我想关于我的历史不会找过多少证人。过了些日子见到吴炎，他说一位同志去找过他，让他讲我的历史，那位同志拿着一份材料，听他讲时频频点头，我想，为我的历史作证的就只吴炎一人。1956 年，他的单位通过清华人事处找我写他的材料，我想，他一定在受审查，但估计他不会有问题。1958 年在北京动物园遇到他，他借故躲开，我以为他是因为我出了事而不愿再和我交往，其实他自己也遭了厄运。“文化大革命”中他的爱人李信纯从天津来北京，到我家来了一次；“清队”时，他单位的人竟说我和他订立了攻守同盟，从他那里来的外调人员对我拍桌子，像审讯犯人一样。在那个时期常有外调人员来找我，没有一个是那样凶横的，而且审讯时有清华工宣队陪着，这也是仅有的一次，以为我们是两条大鱼吧？最后，工宣队小蒋让我写材料，一式两份，才结束了这场闹剧。

再度入盟

运动过去后，开始院系调整。清华的文、理、法三个学院的师生都并入北大，只留一小部分教师在清华教公共课，而北大和燕大工学院的师生并入清华。清华设立了清华大学筹备委员会和北京大学筹备委员会，分头进行工作。外文系主任吴达元参加北大筹委会的工作，因北大要成立俄文系，所以清华的俄文组也有一个人参加，这个人是李毓珍，而不是我。这当然是因为他是教授，而我刚刚提为副教授，但也意味着我的政治地位降低了。教师是全国分配的，我考虑业务前途，不愿意留在清华，所以填写志愿时，我写了六个有俄文系的综合大学和外语学院，而不选清华。

填表后就是一个多月的充满悬念的等待。在这期间，我被清华筹委会找去做了一件工作，这就是有名的俄文速成。院系调整后，要开始学习苏联，必须使教师会阅读俄文，因此吕应中和俄语自学成才的土木系助教卢谦商量，在暑期内办俄文速成班。吕和我一起听了在短期内学会阅读的物理系研究生周某的汇报（名字我没有记清楚，大概是周光召），然后由我去对学员作动员报告。速成的方法是集中时间学一点最必要的语法，再突击一些最必要的词汇，就开始阅读。我当年就是用这种方法自学的，所以由我去动员再合适不过了。不过，我用了两百多小时，而速成的第一期只有 18 天，虽然一天三个单位时间都学习，还是不到 200 小时；第二期更减到了 16 天，所以时间是不够的。大多数学员都是在 1953 年春又补习了一遍才开始阅读的。但是集中学习的效果的确是比“细水长流”好。在那之前，有些教授，其中包括著名学者华罗庚，曾找我开小班教他们，但因为上课时间少，而他们自己又不花时间自学，用唐统一的话是“以耳代目”，效果几乎等于零。而速成毕竟让他们记住了一些语法规则。速成班的讲员是卢谦，俄文组的陆慈辅导，我没有事，自己做了一个试验，每天 6 小时 16 天学完了一本用英语写的波兰语法。但是，我没有机会阅读。直到 60 年代，我才替专业课教师读了两篇波兰文技术资料，困难很大，但我毕竟让他们听懂了。这是我学的第 8 门外语。1960 年我又学了捷克语。我的学外语的生涯就此结束。

在等待分配期间，外文系教师去参观了北大中关园正在修建的教师宿舍。我预感到我是没有机会住那些房子的。果然，9月里周培源来到我家，向我宣布我留在清华。我虽然没有入党的希望，但我认为作为一个教师，也应当服从组织分配，所以没有提出任何异议，但是还是若有所失。因为我知道在一个工学院，我的业务能力恐怕没有提高的机会，其结果只能是荒废。外文系教师在颐和园听鹂馆举行的临别聚餐，我是带着凄惨悲戚的心情去的，一来是惜别，二来是悲叹自己命运多舛。我多年希望搞俄国文学，最终失之交臂，虽然是意料所及，也很难愉快地接受。吴达元告诉我，北大曹靖华点名要我，但清华何东昌不放。李毓珍对我说，清华留我是要我当俄文教研组主任。严宝瑜对我说，我在清华，他是放心的，倒是北大那边他不放心。我感激清华党组织对我的重视，但我在政治上受到挫折以后，拿业务作为归宿，所以宁愿去北大当个普通教师，也不想在清华当主任。李毓珍对我说，只要我能找到一个人接替我当主任，北大就把我调过去，我是为之心动的。

就在那个时候，我在李毓珍鼓动下，又一次申请加入民主同盟。李毓珍和李绍鹏、张坚一样，也是入过党又退出的。李绍鹏已够上反革命的线，"忠诚老实运动"中受到宽大处理，没有戴帽子，感动得号啕大哭。张坚的问题没有查清楚，未作结论。李毓珍脱党后，没有投靠国民党，政治上还是要求进步的，加入了民盟。党中央组织部竟不知道他已不是党员，把他从兰州调来工作，他不服从分配，说他不是党员，师哲才让他自己找工作。在

"三反"运动后,李毓珍开始受重用。他介绍我入盟的同时,还介绍了张结珊,张在"三反"运动中交代反革命分子邢事国被捕前在他家住过。这件事清华党组织早就知道,只等他交代,他终于交代了,就算有了进步,所以李毓珍也介绍他加入民盟,我和他一起入盟,我的心情可想而知。历史又重演了。我两次入盟,都是因为入不了党。可是两次又有所不同,第一次入盟,我是希望有机会为革命做点工作,第二次入盟则是抱着无所谓的态度了。

尽管我有些不健康的情绪,但是我在俄文教研组的工作却是空前积极,克服重重困难,使教研组运转起来。院系调整时,清华俄文组李毓珍、田宝齐、葛邦福、张秋华 4 人分去北大,李绍鹏、张坚、张结珊、刘华兰、赵林克悌、陆慈和我 7 人分在清华。其中李绍鹏坚决不服从分配,结果和南开大学助教吴琼对换。从北大分来了史尚文;从燕京分来了李培坤、苏侨安德列夫和安德列娃;钱伟长为俄文教研组请来了赋闲住在清华的梁秀彦;从人民大学分配来 4 个研究生贾刚、肖家琛、陈文林、谌兰生;又请来了曾任铁道学院院长的邹明德;从哈尔滨找来苏侨齐干采娃,一共 18 人。这支杂凑的队伍中,有 4 个外国人,一个"半洋人",他们对教研组的工作不关心,6 个年长的教师互相感染,都对我或者反对或者不支持。我所能依靠的只有 4 个从人大来的青年教师,还有陆慈和吴琼。教研组没有一个党员,上级的指示,都由教研科吕应中直接下达给我,由我去执行,有些事情只好自作主张。没有秘书,建组的行政工作都是我一人做的。那时候教务处不管排课,把全校几十个俄文班的上课时间给我，由我填入教师，要做到每人3—4个班，时间不冲突。作为第一外语的俄文课，还没有任何经验，制定教学大纲和教学方法，当然更是我的工作。教材要自编，可是几个年长教师都不参加，由我带着6个青年教师日夜地干，教材印刷也要自己想办法。好不容易赶上了开学。开学以后，事情就没有那样多了，但我还是一天三个单位时间在教研组。白天是上班，晚上则是因为没有家的青年教师都喜欢到教研组来，我也和他们在一起。以后教研组陆续增添青年教师，最大的一批是1953—1954年来的，有哈外专毕业的；有清华毕业又去哈外专学习一年的；他们有的直接来俄文教研组，有的先分到各系后又转到俄文教研组。其中没有家的也往往喜欢晚上来教研组，而我也常来陪他们。这样每天三个单位在教研组的生活，一直持续到1955年。在此期间我自己几乎没有时间读书，《译文》杂志找我帮他们翻译，每年只有两篇文章，我都是用两顿饭后的休息时间做的。遇到有翻译的日子，我每天就工作13小时以上，当然劳动强度并不很大。

教研组最难处理的是人事关系。学校把我升为副教授，可是有一份通知中不知为什么在我的名字旁边写了“教授”，打个问号，引起年长教师纷纷议论，说我连升两级。陆慈是教员，大学教师已经没有这一级，经我建议，改称讲师。吴琼在南开时已决定升讲师，我一提出，学校就批了。这也引起年长教师的不满。但是，没想到发难的是和我关系比较好的梁秀彦，她在教研组会上说我偏爱青年教师，她们几个年长的教师是后娘的孩子，李培坤当了几年讲师，为什么陆慈、吴琼都升了讲师，他还是讲师？我作了解释，他们也听不进去。人大来的四个人自动起来反击，那个会变成了斗争会。那几个人从此不敢再闹了，可是结下了仇。我虽然想方设法团结他们，还是没有实际效果。“肃反”时，俄文教研组揭发出一个反党集团，就是他们几个人借我的缺点来攻击党。

1954 年在天津祖母家的合影

经过时代社的翻译锻炼，我的俄语水平又有了提高。1953年春参加人民大学俄文系的学术讨论会，报告后有来宾发言，我临时被请上台发言，我只和梁秀彦商量了一下，就写成了一篇俄语发言稿，上去宣读，并自己译成汉语。苏联专家齐维克娃听说我是自学的，颇为赞赏，连梁秀彦在攻击我的发言中也说：“李先生人很聪明，几年前认识他时，他(俄语)还不怎么样，现在已经很好了。”吕应中让我为经过俄文速成的教师补课，指定卢谦和清华1950年毕业、派去北京外语学院学了3年俄语的机械系沈钊、水利系张宪宏协助我。原来决定讲语法，中间我又想通过课文来学语法，他们三人反对。于是我又想出一种办法，选出几个语法题目，找到大量例句印成讲义，上课时主要讲例句，效果还是不错的。力学系罗远祥说，他速成后不能阅读，是听了我那一学期课才能阅读的，我的讲义他一直保存着。我在校内老教师中知名度相当高，就是因为那时的工作。

1953年秋，俄文教研组开始举办俄语口语速成班，吴炎经我介绍，从天津来参加，俄文教研组的党的工作就由他来担任。那时几个年长教师在底下说我坏话，新来的年轻教师感到困惑，吴炎带着朱乾元去找吕应中。吕对他们说，在俄文教研组里李相崇政治品质最好，主任只能由他来做，你们要支持他。从吕应中的话里，可以看出，清华党委提拔我做俄文教研组主任，首先是为了我的政治品质，而不是为了我的业务。实际上我的业务能力是新来的年轻人发现的。他们有问题找几个年长教师未能解决，到我这里马上解决了。这样一来，多数年轻教师都赞赏我的业务，同时他们也认为我的政治理论水平高。而我觉得他们很多是党团员，我没有资格对他们做思想工作，但我在业务上可以帮助他们。

所以我和他们谈话，总是鼓励他们读书，并宣传我的读书方法。我对他们也说要首先搞好教学工作，然后再自由发展，这是毛主席的“大集体、小自由”的原则，我甚至提倡教师间公平竞争。这样，历史又重演了。正像1952年“三反”时说我影响了学生一样，1958年“双反”时，说我腐蚀了大多数团员和少数党员，问题更严重了，又加上政治批判小题大做，我于是入了另册，长期处于逆境，经过二十多年的坎坷，才重新获得了政治生命，最终入了党，这些都是后话，这篇回忆里就不写了。

我与清华[①]

——李相崇教授口述

一、我的求学经历

我是1914年在广州出生的。我家原来在香港，1914年“欧战”打起来了，大家都说香港有危险，我父母就搬到广州去住。去了没多久，又听说香港不会打仗，我父母就又搬回香港。所以我出生后在广州只住了一个月就到了香港，一直到1922年，我家又搬到了天津。

我没有上过小学。四五岁的时候家里为我请了一个老先生。到1922年我家搬到天津，家里又继续为我请先生、请老师，所以我1928年以前，一直在家里面读书。1928年开始上学的时候，我英文学得很少。那时候有一本书是周越然编的，是很简单的《模范英文读本》，我好像念完了。按理说在家学了9年，我应该也可以学到一点东西了。已经去世的北大教授周一良就是我的表兄，比我大一岁，我在家学的这9年期间他也在家里学。钱锺

---

① 本文是清华大学图书馆为2009年清华大学百年校庆组织的清华老校友口述文章，根据录音整理，发表前家属做了修订。

李相崇教授像，摄于 2008 年 94 岁生日时

书是我在清华里面认识的，他也是从小在家里学英文。他们都是学了 10 年左右，就达到了英文可以跟教授抗衡的水平。但是我学得不好。当然我那时候还很小，在家从 4 岁学到 13 岁，没念到什么书，当然也不会太怪自己，不过和周一良他们比，我确实是没学到什么。等我正式进了学校，我发现自己的水平就跟别人差不多，除了因为在家里念过古文，中文比一般同学好一点以外，并没有什么优势。但是后来，因为到了中学以后也不怎么念中文了，所以中文也变得不行了，跟别人比也就没什么优势了。

我是 1928 年上的天津南开中学。因为我是在家里学了一点英文然后才去考，所以就考上了。当时我想直接上初三，可是又怕考不上，就考初二。那时候考试有个特点，就是可以同时考初二和初三两个年级。结果很奇怪，我初三试卷考及格了，初二的反倒没有考及格，于是我就上了初三。数、理、化各科，我之前都没碰过，英语只是在家里学过一点，跟一般同学差不多，也就是中文稍微好一点，所以总分可以考及格。这样上了初三，第一个学期，我就因为数理化基础不行，考试没通过。不及格要留级，我不想留级就只能选择退学。退学后我又不愿意再回本校考初三，就考了天津的一个英国教会中学——新学中学。那里除了教中文的是中国人以外，其他老师都是外国人，连数学都用的是英文教科书。教数学的老师是全国奥林匹克运动会 400 米纪录的保持者，我因为喜欢运动，所以很喜欢他，他的数学课我就念得还不错，别的课程都马马虎虎。在新学中学那半年，因为我不听课，所以英国老师经常骂我“a piece of wood”，就是说我是根木头。其实我也没蠢到那种程度，只是不用功。去了一个学期，我又不喜欢这间中学了，想回南开中学。当然还是只能再考初三，这回考好了，顺利转学，到暑假时就升班到了高一，那时已经是 1931 年了。可是我运气不好，那一年期终考试时，我突然发低烧，大夫说是结核，需要在家养病。于是我就耽误了考试。后来我只得申请留级，重新念了一遍高一，再考试我当然顺利通过了。

我的学业一直这样凑合着，到高二第一学期结束，也就是 1933 年的春节，我的英文居然开始不及格了。以前因为我在家里面学过英文，再加上那时候学校要求也不太严格，所以我英文一直能对付下来。可那一年不知道怎么回事，成绩分 A、B、C、D

四等，D 是不及格，而我得了 E，就是很糟糕了。我开始有些不服气，想要争口气，于是和学校提出要补考。我是从这时候才开始真正努力念英文的。但是我没拿教科书来复习，而是自己随便抓了一些书。因为我父亲过去在香港上过圣约翰中学，所以家里英文书不少，我就在其中抓了两本文学作品，一本是歌德的《少年维特之烦恼》，还有一本是《美国短篇小说选》。这些书都比我的教材难度大，我就硬查字典，查了生字我也不背，忘了就再查。所以一些词我查了好几遍，这样我就都记住了，有些词可以说是记了一辈子。1933 年寒假的时候，我就用整整四个星期的假期读完了那两本书。过了寒假再参加补考，我不但及格了，而且成绩很好。就是从那时起，我的英文可以说是打了一个翻身仗，从很差的成绩一下提高到在班里名列前茅，从此英文再也没有让我感到压力。其实我的"翻身"，完全靠我自己补习，没有请老师，也没有借助其他手段，只是自己读书而已。那时我家里也只有我父亲学过英文，但他的英文用他自己的话说还不如我呢。

过了两个月，我们班突然搞英文竞赛，要求把一段中文故事翻译成英文，我报名参加了，而且获得第二名，得第一名的是一个专门念了两年英文的人。大家顿时都对我刮目相看，谁也想不到我怎么可以一鸣惊人。连我自己也觉得很神奇，因为我的英文程度大幅度提高，只是自己在寒假里抠了四个礼拜而已。这中间究竟采用了什么学习方法，本身是值得很好总结的。后来我搞英语教学，常常联系自己当初这一段学习英语的经历，现身说法，告诉大家，要提高英语水平，包括英语写作和翻译水平，可以从反复精读英文作品开始。

从此以后我就开始对英文有兴趣了，除了选课，我还自己找一些文学作品来翻译。这样我在中学剩下的三个学期时间就都是自己在学，使英文成绩保持领先。因为我们的数学、物理、化学都是用英文教的，而我原来心不在焉、马马虎虎，英文教材没有仔细看，也不全懂，所以数理化也就都没学到手。从我开始把英文学好以后，数学、物理、化学这几门课也就都跟上来了。高三这一年我没有欠账，也没有需要补考的课。当时南开中学有一个规定，你高三毕业的时候没有补考的课程就可以直接保送南开大学，所以我就这样上了大学。为什么上南开呢？因为当时我家是个破产的家庭，经济条件不好。我伯父是一个相当大的前清旧官僚，原先是有很多积蓄的，还有多处房产。但是他好赌，忽然有一天，他一夜之间把钱都输光了，输到连房产都抵押给债主的地步。而我父亲那时又没有出去工作，他和我们一家，也是靠我伯父养着。以当时家庭的经济状况，他们都根本没有打算让我上大学，而我自己也没有预备考大学。可是我祖母的思想倒是挺新的，正在这时，祖母从香港回到天津，说一定要让我上大学。可当时大学招生考试时间都过了，已经没有其他可考的大学了。南开不用考，于是我就上了南开。

那个时候学经济已经很流行了，所以最初家里让我报的是经济系。但因为我在高中毕业时英文很不错，我又自作主张改成了英文系。在南开大学，第一年我一共上了六门课，有英文、中文，还有选修的法文、中国史、西洋史和物理。其实我在大学时代偏科很厉害，我的英文、中文、法文都很好，但物理和历史第一次考试竟然没有及格。我为什么要选修物理呢？因为那时候学校规定生物、物理、化学三门必须选修一门，而我在高三考试的时候物理卷子曾经被拿到学校展览过——我也不知道那次怎么就考了那么高的分数。老实说物理我学得不好，因为我数学基础不够，而物理没有数学基础是学不好的，再加上那时候在大学又是用中文考物理，我的优势发挥不出来。可是我脑子一热就要硬干，结果物理就没及格。历史为什么没及格呢？因为当时我跟任课老师闹别扭了。这个老师过去在清华读过所谓的先修班，是王国维的学生。我跟他闹别扭，为了课堂上的一个问题，争吵了一次。后来我就不去听他的中国史课，结果到考试时，他也没有让我及格。当时南开规定，期末成绩有 3 个 D 就开除，而我一下就有两个 D。后来去补考，考得也不好，不知道怎么就都让我及格了。物理可能是因为我用英文答的卷子，被老师另眼相看，而中国史我也不知道我是怎么及格的。

大学第二年，物理和历史可以不选了。我选课改了个办法，光学语言类的课程，政治、经济类的也不选，这样我就只剩下五门课了，都是英文、法文和中国文学方面的课程，这算是找对了路，一学期下来我就成了文学院的第一名。南开大学那时候有个制度，全院只推一个第一名，给予最优等奖。结果我居然就成了这

南开大学当年的教学楼，现为医学院

个第一，不但找到了一种从未有过的感觉，而且拿到全额奖学金，从此解除了家庭供养我上大学的负担。第三年我又照搬这套模式，又一次得到最优等奖。第四年，因为正赶上卢沟桥事变，南开被日本飞机轰炸，此后我就没有办法继续在南开读书。要是继续上南开，我应该还可以再一次拿最优等奖，那真是在南开历史上少有的。南开的学生一般也就只能拿到一次最优等奖，而我已经拿了两次，险些可以拿三次。我就这样上完了大学。

二、自学语言

当时我家在天津英租界里面，是比较安全的。抗战爆发之初，南开被炸，我没有学上了，就呆在家里自学。那时候本来可以来北京上燕京大学，因为燕京大学是美国和英国基督教会办的，当时太平洋战争还没有爆发，美英和日本不是交战国，所以能够照常开学，可我不愿意上燕京。我就干脆在家里自己念英文。我父亲在香港上过英国人开办的中学，他有一柜子英文书，但其中的文学作品我大部分都没有看。这时我的英文已经完全过关了，不需要再依靠阅读文学作品攻克语言关，所以我那时看的是英文版《马克思传》和一些社科方面的图书。虽然在理论上懵懵懂懂的，并不能真正领会，但我从年轻时代起，就有这方面的好奇心，大概从20岁以后我就开始注意政治，同时关注社会主义史、西洋史这些东西。

1938年，我为了补上大学第四年的课程，选择到上海黄浦江边的沪江大学借读。沪江大学也是美国教会办的，情况和燕京大学差不多。那一年读得很轻松，因为我实际早已把该学的课程自学过了，到那里只是为了拿文凭。

毕业后我还自学了日文。我上大学的时候选修过法语，跟着学了两年，也得到了很高的分数，但并不解决问题。所以我总结出来了，要学外语就干脆自学。我学日文是用英文字母学的。因为日文有一个特点，就是如果你懂中文、懂日语语法，一般就可以看，所以一年下来我的日语就能够借助字典看书了。

光是在家读书也不行，还要谋生。那时工作不好找，我曾到香港去求职，没有结果。想到西南联大去任教，因为我读南开大学时，英语系主任柳无忌对我极为欣赏，我就给他写信。但他说，自己在西南联大不愉快，受清华北大的同行排挤，叫我不要去。于是我只能到北京，随便找个工作混饭吃。这个工作就是到银行里面当柜员，一天到晚没别的事，只是打算盘。后来人们看见我打算盘好像很内行，觉得奇怪，但是老实说，我打得不算好，不像有些人打得噼里啪啦让人眼花缭乱，但是当年因为要吃这碗饭，我对打算盘也的确曾经用过功。而我不懂银行，加之志不在此，也没有好好学过金融业务，只是在银行混了三年而已。

在银行里面没有多少事，这三年我都在用功学外语。所以说我是28岁的时候开始有计划地自学多种外语的，当时是1943年。之前我学过两年法语，此时又开始自己学。因为有过去的基础，所以进展很快。看完一本五六百页的法语书以后，我已经能够流畅地用法语阅读了。当时我周围没有一个懂法语的，虽然认识一个在法国教会的人，可他也没有学过法语，而我自己用一年就把法语解决了。紧接着我又去攻德语，这是从头学起的。但在一两年内就把德语也给解决了。我自己创造了一种学习方法，就是先读一本语法书，然后就读文学作品。我读语法书是为了了解外语的基本语法结构，同时掌握一些基本的生字，读完之后我就可以开始看中等难度的书了，一边看，一边扩大生词量。这是一种速成的方法，效果很好，至少在我本人身上，是有效的。靠着这样的方法，我在1943到1944年这两年里，比较好地掌握了法、德两门语言。

后来我跟人讲我学语言的秘诀就是“两个一千”。什么叫“两个一千”？就是学一千个小时，同时看一千页书，这一千页书指的是文学作品。我的英文、法文、德文都是这么解决的，就是靠这

1941 年，与刘佩锦结婚

“两个一千”。如果自学，用一千个小时同时看一千页书，保管能达到甚至超过大学英语课程规定的中等程度，因为你看的是文学作品，文学作品的难度要高于一般书。所谓中等程度，主要是指理解能力要达到阅读一般报刊书籍无障碍。当然如果词汇量不够，总是要查字典，阅读速度会比较慢。这需要一个熟练的过程。为了熟练，还要再花一些时间。

我学英文、法文、德文都是利用文学书来提高阅读能力，很容易达到中等程度。至于我的日文也算是中等程度，但是真正的日文文学作品我看得不多，所以在这几门外语里面，我的日语能力就偏低一些。

大概在 1944 年，学完德语，我又开始学两门外语，就是意大利语和西班牙语。其实是从我学德文时开始，我就接触这两门语言，生发兴趣后，就几门连续学。都是用同一种方法，先掌握语法，然后读一千页书。西班牙文、意大利文的文学作品我都读过几本，是当做学习语言的教材来读的。这样一两年后，很快就达到中等程度。到抗战胜利以后我进入清华大学教书的时候，我就已经掌握六、七门语言了。

对我来说，最重要的外语其实是俄语。花功夫、花时间学习最多的也是俄语。我是 1943 年 3 月开始学的，因为那年苏联在斯大林格勒打了个大胜仗，从那以后我思想就开始亲苏，向往苏联。可是抗日战争期间，在占领区日本人是仇视你学俄语的，所以买不到俄语教科书。我之所以能学俄语，妙在有一本日文出版的俄语教科书，叫做《卢西亚语四周间》，它的中文译名是《俄语一月通》。它原来是有中译本的，可当时在中国的书店里都无货了，日文本即便在日本书店里也很少，正好被我买到了一本。我利用日语学俄语，大概学了两个月，就能够开始看俄文书了。因为我此时学习多门外语都是利用直接阅读这个方法，所以学俄文也是这样。当然，也不能一步到位。如果拿到一本书觉得太难，就换一本容易的再看。这样大概也就用了一年左右的时间，我就可以流畅地用俄语阅读了。但是对俄语我一直没有放下，多年都在坚持读俄文书。

我学俄语时曾读过一本俄国史，是俄国一个著名的历史学家写的，文字很深奥难懂。我是跟燕京大学一个懂俄语的教授借来看的。后来遇到俄国朋友，他们说这么难的东西你都看？我说我学外语就是要啃难懂的东西，现在费力，以后才会省力。可开始我还是一句俄国话也不会说，于是我就找了一个七十多岁的白俄老头子请教。他让我用老办法，读《托尔斯泰短篇小说集》，读完以后再跟他对话。我就这样跟他学了一个多月，但我不赞成他的方法，于是我就找了他儿子，跟他说我们俩爱谈什么就谈什么。他儿子也是白俄，也在北京，抗战以前在清华教过俄文。不过我和他学俄语也就学了两三个月，日本投降了，我离开那家银行，做其他工作，没有那么多时间去和他谈天了。不过俄语学习我仍然没有停止，它成了我终身学习的语言。俄语确实比较难，可等你学会了，也就不觉得难了。

我集中精力学习多门外语，也就是在 1943 年以后的几年。进入清华以后，忙着教学工作，很长时间没有再学习新的语种。建国初期，全盘西化，推广俄语的时候，我一边给教师和学生教速成俄语，一边自己学了波兰语，但没怎么读书。此后一直到 1960 年，我因为在政治上挨整，不再担任教研室主任，比较清闲了，才拿出一点时间，又学了一门捷克语。解放后学的这两门语言，是因为当时中国和东欧社会主义国家关系紧密，于是觉得学东欧语言有用。其实使用的机会实在太少。波兰文我学了十几年后，才有人找我翻译了一些技术资料，我做得很吃力，因为都忘记了。捷克文从我学会以后，一直没有用上，几乎是白学了。我曾想过翻译一点捷克文学作品，例如《好兵帅克》之类，因为那时中国懂捷克文的人很少，像《好兵帅克》这样的名著也要由英文转译。但是这件事最终没有做成。

这样说来我一共学过9门外语，9门掌握的程度不一。西班牙语、意大利语，我在清华工作时都用过一些，主要是帮助专业教师翻译技术资料，当然也只是偶然为之。和波兰语、捷克语一样，我的西班牙语、意大利语和日语，都只是能读书而已。我的日语用得稍多一些，给同事帮忙，翻译过不少日文的各类资料，包括一些工科的文章。我真正比较熟练使用的是俄语、英语、法语和德语。我对这4门外语的理解力都比较高，这正是我后来为中央编译局校订《马克思恩格斯全集》《列宁全集》中的部分著作，在每一本书中都能够发现不少问题的原因。英语是我大学的专业，但是我后来在俄语上花的功夫，比在英语上多得多，所以比较起来，我的俄语水平全方位地超过了英语水平。我的英语当然听说读写都算得上纯熟，但是强项在阅读理解方面。我能读懂很费解很深奥的英文，别人翻译不准确，我总能挑出错误。在这方面，大家对我也比较信服。外语系里面的同事，在阅读理解方面如果有问题，都喜欢来问我。清华里面有很多老教授，过去在美国读了博士又教书，居住了几十年，运用英语的能力，几乎和母语差不多。但是他们有时在英语方面也有问题，也来和我探讨。一般来说，我总能给他们一些帮助。

很奇怪，人人都说英语很难，难得好像学不下去，可我觉得挺容易的，从一开始就不觉得难。最初我上学时马马虎虎、不好好学也能及格，但如果我稍微用一点功，成绩立刻就能上去。所以我学习多门外语，在英语上反而没用多少时间，小时候在家学过一点不算，1928 年正式开始学，到 1941 年日本跟美国人打仗那时候就把它放下了。前后一共 13 年积攒的这点本钱，就在清华混了一辈子。

三、执教清华

我是 1946 年下半年来的清华，以前做过一些别的事。我那时候先在银行做了三年，之后在军调部美方翻译科做了几个月。军调部，我是 1946 年 4 月去的那边，是考进去的。美国人还挺认真，要考我们，还真有考不及格的，但我考得不错。从 1942 年到 1946 年，我那时候已经四年没有学英语了，可是一点没忘。而且我还能够翻译，把新华社电稿翻译成英文。我翻了以后他们还不相信，说来这儿考试的从没有考这么好的，因为我得的分数比原来在这里工作的人当初考试得分还高。其实这是因为对翻译我已经熟练了。后来他们科长亲自口试我，我也通过了，于是我就在那里开始工作。这工作虽然用得上英文，但并不符合我的理想，仍然属于混饭吃。我的英语能力对于应付工作的确是有富余的。后来他们科长用英文写了一些短篇小说，其中有一篇是讲一个猎人的故事，他给我了一份，让我提意见。我也不客气，竟然一口气给他提了二十多条意见。于是他问我，你为什么自己不用英文写小说？我说我可以给你改，可是我自己写不出来。为什么会改呢？因为我是可以到学校教英文的。现在我也是这样，给人改稿子，但自己不写。所以那个科长很欣赏我，我就在那里成了地位仅次于他的第二号人物。

清华大学大礼堂前

到了1946年11月，我的表弟周珏良来找我，说清华大学从云南迁回北京复校了，需要一些教大学英文的教师，让我推荐几位。我就说我要去。他说，清华的工资可是比你在军调部挣美国人的钱要少很多呀，我说钱少我也干，因为跟美国人干事不是长久之计，我不会一辈子给美国人干活。所以我就到清华去了，工资只有军调部这边的一半。我一说要去，清华外文系主任陈福田立刻就给我发了聘书，我拿着聘书就马上坐卡车把家搬来清华了，一家人住进清华普吉院。

我觉得那时候的大学英语比现在难度高得多，可是我教起来没有什么困难。本来我想教俄文，可是不行。我来清华以前，碰到一个女教师叫梁秀彦，在清华兼职教俄文。她同时在燕京大学专职教俄文，是因为清华不给她讲师待遇，只让她当教员，她不愿意，所以才在燕京专职，在清华兼职。当时其实我在清华也是教员①。因为清华已经有一个梁秀彦在教俄文了，我在清华就不能再教俄文课了，但我还是做了准备。因为清华外文系鼓励文学研究，所以我虽然教英文，但也可以研究俄罗斯文学。于是我就开始读文学作品。在此之前那一段期间，我学俄文没有怎么念文学，好像大部分看的都是政治类的东西，不过也不都是马列的。来到清华以后，我才真正用功研究了一两年俄罗斯文学。

我的准备应该说是有用的。后来，解放了，清华对俄文教学重视程度提高，我也顺利地转为俄文教师。从 1949 年解放到 1952 年为止，这段时间清华教俄文的除了我以外，一共有七个教师。其中陆慈原先是教英文的，当然她也学过俄文，还有张秋华、张坚、张结珊、刘华兰，以及一个白俄和一个德国人。后来教师人数达到了十几人，不过院系调整以后张秋华就去北大了，那个德国人也去北大教德语了。

1949 年解放以后党内有人说我是特务，可说归说，工作还给我做。不像冯友兰本来是文学院院长，后来就被免了职。刚解放时我们外文系的系主任叫吴达元。后来因为吴达元不是进步教

① 教员，当时教师职称之一。其职位在助教之上，在讲师之下。

授，所以换了思想比较进步的教授赵诏熊做系主任。赵诏熊自己是英语教授，也曾经是我的老师，很看得起我，对我说，你别去教俄文了，还是教英文吧，因为教英文也要学苏联，他认为我的俄文在英文组里也能用得上。可我不干，说自己还是愿意直接教俄文。工作还没有分配，正巧学校里政治课缺少教师，有人推荐了我，赵诏熊就干脆把我调去教政治课了。政治课叫大课，老师中有很多名人，像曾经翻译过《资本论》的王亚南就是很有名的。他是社会系的教授，跟我很熟，他认为我马列主义理论学得很好，让我去做他的秘书。我们一共两个秘书，一个月也就开一两次会，然后就是听学生讨论，负责记录。这样搞了一个月，我觉得没有意思，学校就又把我调回来，还是在外文系教俄文。

那时候新来了一个教俄文的教授，叫廖佳珊，是个老太太，从哈尔滨来的。她因为已经五十多岁了，不太愿意再教俄文，所以我回来了她非常高兴。当然也有一些人不那么欢迎我，其中一个就是张坚，他是张任的弟弟。张坚原来是国民党驻苏联的领事，和俄文组里面的张结珊、杨秀莲、李培坤等几个人后来在运动里都挨了整，一起被打成了“反党”组织。其实我觉得他们很冤枉，他们反的不是党，也没有反党言论。只因为我的资历很浅，让我领导他们，他们不服，对我有一些意见而已。

我的外语教研室主任是在一片反对声中上任的，一直到1958年。但我其实不想做这个“官”。一开始我还不是正式的主任，只是俄语组的小组长。1949年他们把我推出来，也是大家选的。1950年我就想退了不干了，我愿意自己多做一点翻译，不想做那些行政事务。我让他们另外再推选一个，结果他们也都不愿意做，还是推给我。这些人很麻烦，对我不满意，却偏偏要选我。大概是因为这个活儿既不得钱也不得势吧，所以我就一直干到了1952年院系调整。1950、1951两年我都是白干活，不拿钱还挨批，校领导也老是批评我。而他们都没有挨批，因为他们不是领导，没有人注意到他们。后来我也想推掉这个职务，找了我们外语系主任辞职。系主任去问当时校党委里管外语系的吕应中。吕应中说，俄文组这几个人里面，数李相崇道德品质最好，所以主

1955年，在北京中山公园

任还是要叫他来做。于是他们又劝我继续做。我就接着做下来，从俄文教研组到外语教研室，我这个主任一直做到1958年自己出了问题才下台。

高校院系调整的时候，清华大学外语系撤销，留下的外语教师重新组建外语教研室。我正式当了外语教研室主任。那时党委对我是比较信任的，我也是全心全意要把工作做好。为此我愿意牺牲一些个人利益，主动放弃在校外的高薪兼职。为了做好本职，我连翻译也停下来。本来时代出版社、作家出版社有很多书稿约我翻译，到1956年以后，统统都被我推掉了。主要还是为了集中精力搞教学。我的精力原本是够用的，做一点翻译，也不会影响教学工作。但是我很想和组织靠拢，很想入党，觉得在校外兼职和搞翻译挣外快是个人主义思想、名利思想的反映，所以辞去兼职、放弃翻译，更多是为了向党表示我的进步思想。但是我不知道为什么，党组织一直不信任我，而我因为性格的原因，说话比较直率，总是会和他们有不同意见。终于在1957年反右以后，我把党委的一些人惹恼了，挨了一通严厉批判，最终只能辞职。其实这个辞职，和被撤职差不多，具体情况我后面再讲。

我虽然不是被撤职的，也没有带上右派帽子，但是从这以后，二十多年里，一直被人认为是“没戴帽子的右派”，在政治上受到歧视，大会小会，总是被人明里暗里批来批去。这也难怪，因为对我做出政治定论的不是一般人，而是主持清华党委工作的领导人，他提起我就说我是“没戴帽子的右派”，别人当然要信以为真。

结果 1958 年以后，我不当领导了，但是业务工作也不让我做，很多年我不能教课，在教研室，不过是给别人打打杂，和大家一起编编字典之类。60 年代，清华外语教研室开了英语师资班，这是培养英语教员的课程，需要高水平的英语教师。教研室里明明教师不够用，却还是偏偏不肯用我。我当时很想教这个班的课，提出申请，也没有获得批准，我在他们眼里成了不能用的人。“文革”中，很长一段时间，我还被调到建筑系给排水专业，在那里也没有多少事情可做，只是帮助专业教师翻译一些外文资料而已。

1961 年，全家福

从 1958 年以后，到“文革”结束，我大约有 18 年左右的时间被荒废，没有做什么正经的业务工作。“文革”结束后，我先是用了三年时间帮助中共中央编译局校订《马克思恩格斯全集》和《列宁全集》，然后才算是回到清华大学的外语业务中。

1980 年我 66 岁，重新被选为外语教研室主任，选举大概得了 80%的选票。那时一个教研室下面管 3 个教研组，百多位教师，信任我的人很多。基础课教学部党总支书记李卓宝先跟我谈，说本来考虑到我这么大年纪了不干活也可以，就挂一个名，但现在看来，大家信任我，还是得让我做实际的主任。她对我讲，组织上在人事安排上有困难，还是需要我支持，于是我就答应了。做了教研室主任以后我是真干事。后来有人跟我说，像我这么大岁数还往工字厅[①]跑的很少有，因为好些系主任、教研室主任手下都有教授做副手，这样正职就不用管事了，像顾问一样。而我是一个光杆主任，没有副手，就是自己管事。

1983 年重建俄语系，那时我都快 70 岁了，可是大家好像都公认了我应该是系主任，所以差额选系主任，我得的选票又是很高，出乎我自己的意外。另一位候选人落选，她私下对我说她人缘不好。那是因为她过去曾经紧跟基础课教学部那个极“左”的党总支副书记，什么都听那个副书记的，自己跟着丢了人缘。而那个副书记不但从 1957 年反右运动开始，在历次政治运动中整我，还是个见谁整谁的人，他得罪的人太多了，所以他在“文革”以后很落魄，就连党内选举，支部里面的干部都选不上了。有一次

---

① 工字厅，清华大学校长办公室所在地。

校党委书记何东昌在开会时和我碰面，问我，那个副书记做党干部不合适，在系里做个行政干部总可以吧？意思是要给出路。于是我做系主任的时候，就安排他做了系办公室主任，比他原来的职务低了一级。他整我我不计较，我还是要与人为善。

1996 年，在李相崇教授从教五十年纪念会上

我做系主任做到 1986 年，那年我已经 72 岁了。其实我身体还很好，要我继续做下去，也没有问题。但是我不赞同教育部关于英语教学大纲的一些要求，多次提过不同意见，教育部主管英语教育的人不大喜欢我。在清华，我对前党委处理我的所谓政治历史问题的一些做法想不通，也曾经用思想汇报的形式提过意见，可能也引起某些人不快。所以他们就说，我岁数太大了，不适合再做行政工作，于是找一个人代理系主任职务，只让我做名义上的。又过了半年，就让我退休了。不过我退休以后仍然没有脱离业务工作，我继续担任《大学英语》和《大学英语教学与研究》两本杂志的主编，每期看稿子，一直到2004年我90岁时为止。

四、政治沉浮

我一直认为自己在政治上是进步的。国共内战时期，我周围很多人都考到英国、美国留学去了，但我根本没有想去。因为我政治上是真正的亲苏派，不是假的。去美国干吗？连英国我也不去！那年清华的王佐良考上了庚子赔款的留英项目，我的表弟周珏良也考上了留美的自费生，而我没有考。因为那时候我想直接留苏，所以我就去与苏联领事馆联系。我那个白俄老师当时恢复苏联国籍了，我就想让他介绍我到苏联去留学。但领事馆的人说，他们苏联好些年轻人打完仗都退伍了，国家得优先安排他们读书，外国人去肯定不能优先录取。所以我就根据他的建议在苏联领事馆教中文。那时候因为我脑子里尽是政治，所以就跟他们谈起政治来了。谁知道我教的学生中有一个应该是克格勃，最后他跟我摊牌了，说你在我们这工作，我们可以给你钱。我心想这不是给苏联做间谍吗？这太不光彩了，我不干。所以我教中文的事情也不干了，跟他脱离了关系，前后不到一年。

我的这段历史本身不算政治历史问题。"文革"的时候查我的历史，查得很久的问题是所谓"出卖了两个地下党员"。都是子虚乌有的事情，全部建立在误解和曲解之上。关于这件事，我前两年写了一篇《清华解放前后的一些回忆》，那篇文章里谈得很详细，这里就不多说了。我只想强调一点，就是我们的政治运动，不应该让忠诚老实的人挨整、吃亏。我当初为了和国民党特务周旋，他们向我要两位共产党员的隐蔽地址，我就提供两人的公开办公地址，这地址是国民党特务原先就知道的，在报纸上都能查到的地址。这样对特务交差，摆脱了他对我的纠缠。然后我把这两个共产党员被国民党特务注意的情况向民盟组织的上级报告，又找机会直接向共产党方面报告。如果我在解放后，把这件事当做自己参与革命工作的光荣历史来谈，也不算吹牛撒谎。一切都是事实。但是我本着忠诚老实的态度，一五一十地向组织交代这件事的过程，却受到组织的怀疑。特别是"文革"中，我很长时间被打成"特务"，有理说不清。很搞笑的是，那时查我的专案组，有个造反派学生问了我一句很怪的话。他说，"你知不知道你当时做的事是有风险的?"我说："是的，有风险，国民党特务如果知道我向共产党报信，也可能对我下手。"我反问那个学生，"你这么说，意味着我是革命的了？那你们为什么还整了我好几个月?"他也无话可说，但是最后还是告诉我，我的有些历史问题他们查不清，也没法查。

刚一解放就有人告诉我，党内有些人怀疑我是特务。他们也是听吴晗说的。吴晗当然也不是凭空说，他是听苏联领事馆的官员说的。可是大家都是猜测而已，怎么能把猜测当作事实来传播呢？何况吴晗当时的影响力很大，解放不久就当了北京市的副市长，政治上很红。解放前夕，国民党怀疑我是共产党；解放了，共产党却怀疑我是国民党特务，那我该怎么办？有一个人叫严宝瑜，是解放后新来的德文老师，也是那时候清华外语系唯一的党员。我就老跟他说这个事，寻求理解，希望能够澄清自己的历史，但是严宝瑜似乎并不相信我。

解放后，我在历次运动中都挨批，久而久之，大家把我当成一个老运动员，好像从来都是反动透顶。但其实没那么回事。一开始我是一个积极分子，对青年教师、老教师、学生都做党的宣传思想工作，只是自己没入党而已。1949、1950 年我帮严宝瑜做党的工作，还是很活跃、很积极的。到了 1950 年我要求入党，严宝瑜却说我群众关系不好，大家对我有些意见，结果就给我顶回来了。顶回来以后我就灰心了，所以说知识分子积极起来也容易，灰心也容易。后来我就去搞了一段时间的翻译。从 1949 年一直到 1956 年这段时间，俄文的东西我翻译了不少，可同时我也管学生，活没少干。我跟学生的关系也很怪。系里那么多教师，可是学生一有事就都找我，如果有一个地方让学生去，学生就非要让我跟着去，说我去他们就去。有时候找不着我是因为我在外面兼职，学生就有意见了。到了 1952 年搞“三反运动”，有学生就提我在外面兼职赚外快，是资产阶级思想作怪，所以我就挨了批。挨了批以后，我申请入党又没成，就更灰心了。

我最早连讲师都不是，只是个教员，到 1952 年才升了副教授。到了 1956 年，高等学校定教授职称，清华准备给我升三级教授，但我有自知之明，只要了四级。那时好些教授都入了党，我也想再申请，结果申请书还没有交上去，“反右”就开始了。运动中我又说错一些话，被一些人无限上纲。不过我当时没有被打成“右派”。这事怪极了！人人心目中我都是右派，但公布的右派名录里面没有我，我就是那种“没戴帽子的右派”。不过虽然对外不说，但系里每新来一位教师，都会有人跟他们说我这个人政治上不好，让他们对我保持警惕。我就落了这么一个里外不是人。当然他们后来也有反思，最后连严宝瑜也说，当初那样对待我是错误的，不应该这样对待一个积极分子。可是多少年过去了？42年！从1950年到1992年，我是1992年才入党的。这42年不光是不能入党，有十几年我在业务上也很不如意。从1958年“反右”一直到1976年，也就是我从44岁到62岁，在业务上基本没有发挥作用。要知道，对于一个知识分子来说，这个时段正是业务上的黄金时期呀，白白耽误掉了。

其实今天看来，“反右”运动中我说的根本不是什么错话，比如大家学习讨论知识分子“皮之不存，毛将焉附”的问题，我说解放以后，因为旧社会的“皮”已经“不存”了，事实上知识分子早已附在新社会的“皮”上了。大家批我反对知识分子思想改造，但是我当初是以自己的切身体会来谈的，我觉得自己作为知识分子，早已转变了思想，拥护共产党，拥护新中国，这不就是附在新社会的“皮”上吗。所以无论怎么批，我也想不通。“反右”运动中并没有整我，因为我根本没有反党言论。但是“反右”过后的整风运动中，我说了一句不该说的话，倒了大霉。那就是我前面提到的那位一贯整人的党总支副书记来布置政治学习讨论题目，要大家联系匈牙利事件中有党委书记被反革命分子吊在树上的情况，谈一谈这样的事情是否会发生在中国，发生在清华大学。具体来说，如果清华大学的蒋校长被反革命分子吊在树上，意味着什么？我当时还是教研室主任，是讨论的组织者，听了大家一片惊呼，说是如果发生这样的事件，那可不得了，就是要亡国亡党了。我觉得还是要客观评价。我并没有否认，这样的事件是严重的反革命事件，但是我觉得不能把个人和党的事业混为一谈，哪怕他是一位党的高级干部。所以我说了一句让大家很吃惊的话，我说："蒋校长和革命事业相比，不过是沧海一粟。他一个人被反革命分子吊在树上，和亡国亡党联系不起来。"就是这一句话捅了马蜂窝。此后群众性的大批判集中到我一个人身上，无限上纲，几乎把我说成是扬言要将党委书记吊在树上的现行反革命分子！这完全不是我的意思，但是我有口难辩。当时外语教研室里有两位党员副主任曾经想保我，到党委去为我辩护和说情，结果他们也遭到处分。这样我在教研室威信扫地，无地自容，只能提出辞职。

问题不在于群众大批判时给我上纲上线，运动总会过火，那是免不了的。问题是他们拿出这样的问题讨论，算不算"引蛇出洞"？我就成了那条蛇了。更令人无法理解的是，清华党委后来向市委报告，竟然引用我的言论，说清华大学李相崇扬言："杀死党委书记不算反革命。"我从来没说过这样的话。这种话如果真是我说的，给我戴个现行反革命的帽子也不冤。但是他们这样歪曲我的本意，不过是为了向市委表功，说他们在清华大学抓到了“猖狂向党进攻”的例证。所以我后来为什么一直挨整，因为我的政治问题，在市委是挂了号的。

这个事情，因为在改革开放以后，所有“右派”都改正了，自然也就不算什么问题了。但是从来没有人给我一个说法。当了“右派”的，可以获得平反和改正，我没有戴过“右派”帽子，自然也就不需要平反。但是我不服气，认为组织上应该给我一个交代，直到我入党以后，仍然对这件事念念不忘。于是我找到清华党委组织部，一个负责干部接待了我。他开始对我还很客气，说我是他老师，其实我没有教过他。我就问他，能不能请他查一查，关于“蒋校长上树”这件事当时我怎么说的，我的档案里是怎么记录的，这件事应该有记录吧。他问我想要干什么。我说我不想干什么，我就想看看你们当初怎样写我的档案，因为有人看到，你们往北京市委上报关于我的材料是捏造的。结果他便敷衍我一番，当天问题也没有解决。后来我跟组织部长谈，他说，“你现在是党员了，还计较这些干什么？”我说，“不是我计较，可我历史上有两个问题是没有结论的。那个小干部说话不算数，可您说话能算数吧？如果有不实的材料，为什么要留在我的档案里？是不是预备以后要整某个人的时候还要拿去用？”弄得组织部长很尴尬。

还有就是所谓“出卖两个地下党员”的问题。我的档案里一直有些足以引起误解的话，我希望能够改过来。为此我找党委组织部长谈话时也提出过要求。但是他们好像认为，以后也不搞政治运动了，档案改不改都没关系。我不这样看，我认为档案需要实事求是，但是我说服不了他们。最后那些不实之词仍然没有改，现在还在我的档案材料里面。

我儿子 1952 年才出生，那时候比较小，对我以前的事都不知道，所以他让我写一个自传。我只写了 1946 年到 1953 年那一段，起了个名字叫“动摇的八年”（现在改名叫《清华解放前后的一些回忆》）。因为这八年实际上是我在政治上最活跃的时期，可在活跃里头也有一点躲躲闪闪，这就属于动摇。这是我自己的思想认识问题。写这些，我没有什么顾虑。再往后的经历我没有写，为什么呢？主要是因为后来就是我挨整了。如果再写下去，会涉及很多具体人，他们对我不公正，事情很多。但我不想指名道姓地追究人家的历史责任，所以我就不再写了。

五、英语教学问题

俄文教师我做了 15 年，从 1949 年开始一直到 1964 年。其实从 1958 年以后，很多课已经不让我教了。1964 年校领导告诉我，让我转回来教英文。不过英文我也没怎么教，只是编了两年教材。我的工作基本是打零工，碰上什么干什么。开始他们有一本日文书让我翻译，我翻译出来了；接着他们又给了我一本法文的，我又翻译出来了。结果我的工作就变成了帮助各系翻译技术资料。日文、法文、英文这三种语言的材料翻译得较多，也兼有西班牙文、意大利文、波兰文等。

《大学英语》杂志

从1974年到1978年，那时候“开门办学”，一头在昌平，一头在房山，我是到处跑。不过我想了办法，就是先在房山上完课睡一觉，醒来后再坐车到昌平，还别说，真挺下来了。那时候我身体不怎么好，是真怕死！能活到现在，我自己都没有想到。

1982年我做了北京市大学英语研究会头一届理事长。之前我做什么都差不多是无为而治，不怎么管事，可这次理事会讨论，要办两本杂志，一本是《大学英语》，一本是《大学英语教学研究》，我是比较热心的，把这两本杂志亲手办起来，都由我做主编。《大学英语》是北航的同志提出来办的，编辑部就设在北航，而《大学英语教学研究》是清华外语系提的，当然由我们来编。我当时就知道这个研究性杂志，会是赔钱买卖。那时候《大学英语》很红，最多的时候能卖到17万册，我做主编，北航的几个教师参与编辑，但是清华和北航都没有赚到钱，收入都被北外抢去了。因为杂志虽然由我们办，但是是由北外的出版社出版。后来《大学英语》走下坡路，现在大概还能卖一两万册，倒是始终不赔钱。而清华办的那个《大学英语教学研究》一直是惨淡经营，我们是纯粹把它作为一个研究园地，不考虑经济效益的。但上面对我们支持也不够，它一直都还没有拿到正式刊号。为此我去跟教育部争过吵过，但争吵也没有用。

其实我管的很多事情都是自己找的。我本来属于教育部系统，北京市的事情可以不参与。但北京市教育局很器重我，交给我两个事，一个是管教改，一个是管职称评定。职称评定方面，当时我在王佐良当组长的英文组里管人事，同时又在俄文组当组长。但是时间不长，这两件事都不让我做了。为什么呢？因为我对教育部的英语教学大纲中的一些规定有意见，认为不可行。但是，我向教育部表达了自己的意见之后，北京市教育局却马上开会公布了大纲，大学英语研究会的陆慈被通知参加，我没有接到通知。所以从那以后，大学英语研究会就没有我的事了。

这个大纲里面有什么不妥呢？它规定学生英语速读的标准是一分钟50个英文单词。以我对当时学生实际英语能力的了解，我说这是个高指标，不可能达到。但当时英语界确实有不同

《新英语教程》，李相崇主编

意见，清华英语系的代理主任就说这个指标可以。我说现在就可以吗？他说现在不行，过个五六年就可以了，所以要往长远看。但我认为，确定指标不能理想化，还是要从现实出发。定一个实际达不到的指标，有什么意义呢？造成的结果可能是学生囫囵吞枣地阅读，读书而不求甚解。这绝对不是提高英语能力的好方法。为此我向教委提意见，希望修改指标数字。但是教委不接受我的意见。他们认为指标可以超前一点。但是实际上，他们超前了多少呢？我最近看到清华外语系的新任系主任，还跟他说，当初有人说再过五六年就可以达到那个指标，现在二十年都过去了,你这指标还是没有达到。

我有我的学习方法,就是要精读,熟读,注重理解。这方法从我身上来看是成功的,可是用在别人身上行不行就不一定了。就说赵诏熊,他是我老师辈的,我跟他说了我的方法,他就说你是你,你行别人不一定行。所以我是觉得,现在教学大纲推广的方法似乎是变了,主要不是训练阅读而是训练听说,这完全是另一种理念了,效果到底怎么样我是有疑问的。我跟系里一个叫罗立胜的副主任有过交流,问他现在的教学方法到底怎么样,他也不说。其实他也不好说,因为他不管这个。总之我是听说学生普遍并没有达到一分钟速读50个单词。你要想让其中几个人达到这个程度,那容易得很,1985年刚开始出教学大纲的时候清华就有人能达到。但是大纲规定,不应是几个人的问题,而是要求大多数学生都能达到这个标准,这是两码事。

教学不能逞能,教师也不能逞能。现在大学英语研究会的秘书长,当时他跟我关系还好,那两年他还请我去讲话,可是后来也不请了,我想可能是有人反对我这套教学方法了。其实他们现在采用的那套方法都是英国的东西。因为现在都是年轻人当领导了,而年轻人大多是迷信英美的,总觉得英国人的做法都是对的,所以赞成那一套的多。照我说,其实英国人那套东西根本不行,因为它不是在教中国人英文,而是在教英国人英文。可是教育部外语处很相信他们,上海交大有个教授也是专门拿这一套出来讲。我就曾经写信给周远清①，说你们不能全都相信英国人，英国人的这套东西即便英国和中国的老一辈人也都是不赞成的。

我写过一篇文章谈英语教学。我的方法一个就是多读，一个就是自学，用不着找什么外国人联系，自己学就可以学出来。关于四、六级考试我也写过文章。我一直认为这种考试难以检测真实的英语水平。后来清华真的在本校把这个考试取消了。其实我的矛头不是针对四、六级考试本身，从我退休到现在这些年，一直还在给人家审定这种四六级考试相关的教材。我觉得四、六级考试，六级还有一定水平，四级水平实在太低。但问题不在四、六级考试上，而是在教学大纲，在指导思想上，可是这一条改不掉。大纲老是在提高指标，越提高学生越达不到。其实提高学生的积极性才是最主要的，学生有了积极性，教师就用不着太多了。我自己就是，不管哪门语言都是自学出来的。可有一点比较难办，别人一说你可以别人不一定可以，我就没有话说了。

六、翻译成果

学俄语我真是下了功夫的。法语、德语我虽然也下了功夫，不过时间短。西班牙语、意大利语我慢慢忘了许多，到现在也很生疏了。不过也怪，有一次学校有一批西班牙文的东西要翻译成中文，就找到我们系里教法文的教师，结果他也不懂，再来问我，

① 周远清，当时的教育部副部长。

我还真给他解决了西班牙语的翻译问题。学习西班牙语、意大利语达到能读书的程度，其实看书还是很费劲的，但只要我想看，还是可以看，而且可以用。法语、德语这两种语言，很长时间基本用不上。60年代清华有一批法文资料是我翻译的，主要靠的就是我40年代学的法语。德语我在清华就没有用过，只是自己看看德文书。俄语当然一直在用。

"文革"后期，清华的政治学科恢复了，教师也要听政治课，教材是恩格斯的《费尔巴哈论》[①]。当时教师是用中文讲的，我就拿着俄文本对照中文的书，当时我看到眼里的就有二十几处误译。于是我就把这些错误都写出来，交给清华政治课教研组的一个名叫刘桂生的教师，让他再转交给讲政治课的那个人。可那个讲课老师是当时"梁效"[②]里的红人，哪看得上我呢？我猜他连看都不会看的。这件事自然是没有下文，而我送去的材料也被他们弄丢了。我自己几乎忘记了这件事，但是刘桂生还记得。正好我有几个学俄文的学生当时都在中央编译局[③]工作，大约是1976或1977年，刘桂生就跑去跟中央编译局那几人说我修改过《费尔巴哈论》的译文，他们感兴趣了，想拿我修改的稿子去看看。我说我的底稿早都丢了，正式的稿子交给"梁效"那人，他也没还给我。

---

① 全称是《路德维希·费尔巴哈和德国古典哲学的终结》。

② "文革"后期，"四人帮"扶植的清华大学和北京大学政治大批判组使用的笔名，为"两校"之谐音。

③ 即中共中央马恩列斯著作编译局。

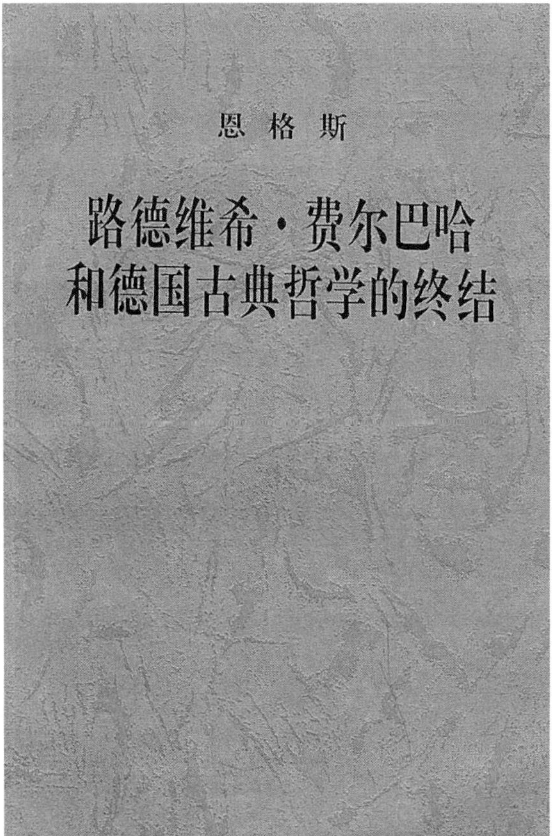

恩格斯著作,《路德维希·费尔巴哈和德国古典哲学的终结》

但这时我正好比较清闲，清华还没有恢复我的教学工作，我就又拿俄文、法文和英文，对照着德文把《费尔巴哈论》看了一遍，重新标出中译本的错误，然后把稿子交给了中央编译局。

在这以后，我翻译的瘾就上来了。又找出《反杜林论》，逐字逐句地对比校阅了第一章，标出一些问题，然后整理材料寄给中央编译局。他们看完就说，你不要这样一条条地提意见了，干脆就正式在书上做修改吧。所以我就用德文把恩格斯的《反杜林论》全本都看了一遍，提了不少修改建议，帮助编译局做了一些校订。这种校订，相当于重新做一遍翻译。实际上我的德文不是很强，比不上我的俄文和英文。校订的时候，免不了要用俄文本、英文本甚至法文本作为参照。以后我又校订了一本，就是恩格斯的《家族、私有财产和国家的起源》。每一本，我都会提出上百条，甚至是几百条商榷意见，当然这中间有些是误译，是硬伤，有些只是不同理解和不同表达方式。在翻译这三本书的过程中，我就觉得看德文实在费劲，不如搞俄文轻松。于是我和中央编译局的人要求，做些俄文的翻译。他们就把我介绍到俄文组。俄文组就派了一个秘书拿着十本书找到我，其中五本是俄文的，另五本是这五本书的中文版，他们准备修订重版，已经做过一些修改，还想让我再弄一遍。这五本书就是《列宁全集》的第 29 卷到第 33 卷，正好讲的内容是苏联新经济的生成。他们说为了配合中国的政治形势，这五本预计会先出，所以让我先替他们审。给我分配工作的人，就是我在清华解放前后教的那一班学俄语的学生之一。当时

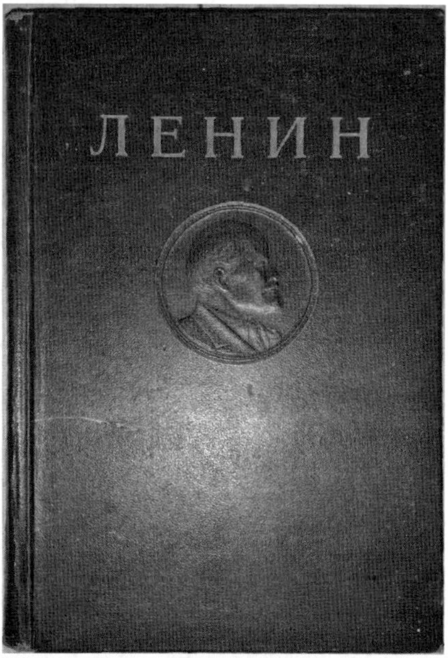

《列宁全集》中的一卷

他们班有 12 个人都分配在中央编译局，其中有些后来做了领导。

我和他们重新建立联系以后，他们中间有人问我，你在清华倒霉那么长时间，为什么不上中央编译局来？我想我在清华倒霉，到哪儿也好不到哪儿去。因为我是搞俄国文学的，本来想到北大去。可自从我政治上倒过霉以后，就连北大也不想去了，灰心了。所以，在此之前，我根本就没有想过要到中央编译局这个党中央的机关去。和他们建立联系，纯粹是巧合，是刘桂生牵线，而中央编译局的人正好对我有所了解，才把我翻译的东西拿去看看。结果我从 1977 年年底开始一直到 1980 年，又用三年的工夫翻译了《列宁全集》第 29 卷到第 33 卷这五本。我一直在想，那些人都是我的学生，当年都学得不错，现在毕业三十多年了，他们的水平应该是很高了，但是他们还要我来帮忙审校，用得着吗？后来我问过一个学生，说我做的这些，对你们有用吗？他说非常有用，希望我再多做一些。我就把这些话当自我安慰吧。不过事实上，我对这些马列经典著作的校译，总共提了几千条修改意见，虽然有些是见仁见智的问题，不可能被全盘接受，但毕竟有一部分在这些著作修订再版时被采纳了。三四年的时间没有浪费，这也让我知足了。

1980 年，清华大学讨论给我升职（从高教四级升为高教三级），要我填表写上我的成绩。那次竞争很厉害，因为从 1966 年“文革”以后，升职评定工作就停止了，压下了很多人。我个人的级别，也是从 1956 年就没有升过。但是填报时，我有些为难。因为我想不起自己做过什么高档的工作，大学英语教到解放时为止，后来没有再教过；俄语解放后教过十几年，后来也不教了。很长一段时间，我主要做的，不过是编字典，编教材，翻译技术资料，按理说这些都不够升级的标准，我都想放弃了。但主管的人对我说，你那个中央编译局的工作可是高档的呀。所以最后填表的时候，我还得把这一项作为重要成果。至于我过去翻译出版的几本书和一些文章，总共也有 300 万字，但在今天看来，它们的价值，对于社会的贡献，恐怕还比不上校译这 8 本马列著作呢。

俄文版《马克思恩格斯全集》

附：李相崇教授简历

李相崇(1914—2012)，四川邻水人，教授。曾为中国民主同盟盟员。1992 年 6 月加入中国共产党。1939 年毕业于南开大学英文系。1946 年进入清华大学外文系，历任教员、讲师、副教授、教授。先后任清华大学俄文教研组主任、外语教研室主任、外语系主任。50 年代曾兼任时代出版社编辑，改革开放后任北京市高等学校大学英语教学研究会理事长、北京市高等学校教师职称评审组俄语组组长。掌握九门外语，长期担任英、俄语教学工作，业余曾从事俄文社会科学、文艺学、文学史的翻译，主要有《苏联怎样消灭剥削阶级和阶级差别》《乔治·戈登·拜伦》《菲尔丁论》《朵思妥也夫斯基论》等近三百万字。还曾根据俄、德、英、法原文校订国内已出版的马克思、恩格斯、列宁著作的若干中译本，提出重要修订意见。长期担任英、俄语学习书刊的编审工作，主编《新英语教程》等高校教材，主编《大学英语》和《大学英语教学研究》两种杂志近20年，参加审校英汉词典3种和多种英语教学用书。

吊诡人生

——我的抗癌故事

李　昕

和青年人聊天，我知道自己还没到摆老资格的年龄。但谈起一件事，我的口气总是让青年人吃惊。我说自己半个世纪前得过一场癌症。

半世纪前？那是20世纪的60年代，“文化大革命”刚刚开始时！

癌症，就是恶性肿瘤，几十年来发病率一直在提升。最新统计，全球癌症发病率在10万分之200到10万分之300之间，成了多发病和常见病，这可能和医疗手段进步、检出率提高以及人口老龄化有关，当然也和环境因素变化有关。记得50年前，肿瘤专家告诉我，那时全球癌症发病率只有10万分之6！而我却成为其中不幸的一员。

我的数学不好，不大懂得概率问题。只能根据经验判断自己“触霉头”的运气。近两年知道北京小车摇号中签率大约为1∶800，大体相当于10万分之125，算来这概率比起我患淋巴癌的概率还要高出约20倍，而我连续摇了5年，在几十次机会中都没有中签。由此说来，我罹患此病，大概只有和中六合彩大奖的运气相提并论了。

问题还在于长期生存的概率。恶性肿瘤是异常凶险的疾病，据《中国保险报》2015年统计，在中国，癌症病人5年存活率只有30.9%。50年存活，基本是不可奢求的事情。试想半世纪前，在那个特殊的"革命"时代，不幸进入了"10万分之6"的人们，如今尚有几人健在？而我却侥幸逃出死神魔爪。这运气，真是拿六合彩大奖都不换的。

（一）

1966年，我在北大附中读初中一年级。这年夏天，因为遭遇"文革"，学校停课，校园里掌权的变成了一批主张"老子英雄儿好汉"的红卫兵。我因为出身于"资产阶级知识分子"家庭，在学校得不到参与"革命"的机会，于是索性当了"逍遥"派，回到家里，整天以安装半导体收音机消磨时间。

组装半导体是我从小学三四年级开始就养成的业余爱好。最初是装矿石收音机，后来采用晶体管，从1管2管，到4管6管，最后一直做到8管超外差2波段，采用的是当时北京无线电厂生产的袖珍型品牌机"牡丹8402"的线路。我已经记不清1966年夏天自己在尝试安装哪一种型号的收音机，印象中可能是超外差6管中波机，线路颇有一些复杂。作为初中生，我并不懂得多少理论，只是按照书上的线路图，将各种元件一一焊接而已。以前也都是这样做，只要线路接对了，一般不会有问题。但是这一次，全部安装完成后，接通电池，打开开关，却不响。反复检查，也看不出毛病。身边无人请教，于是想买本书来看看。那时书店里有些指导安装半导体收音机的书，蛮实用的。

我家住在清华园里。清华的书店位于工字厅和古月堂之间，是一座花园洋房改建的。我骑上自行车，到静斋门前的岔路口，准备向书店方向拐弯，忽然觉得自己左腋窝里有什么东西，把胳膊硌了一下。我伸手一摸，把自己吓了一跳：那里长起一个鼓包，有鸡蛋大小，硬硬的。捏一捏，并不疼，所以我一直没有发现它的存在；但是从这时开始，只要左胳膊一动，便立即可以察觉腋下有个异物。

第二天，母亲带我去清华大学校医院。我穿着短袖衫，医生一眼便看到我左小臂上有一条柳叶形的伤疤。问我这是怎么搞的？我说是焊接半导体时，被电烙铁烫的。医生又问，烫完以后是怎么治疗的？我说没有治疗，开始伤口渗出了一些黏黏的液体，后来这些液体自己干了，就结疤了。医生说，就是这个伤口感染，引起腋下淋巴结肿大，是典型的淋巴腺炎。于是给我开了不少消炎药。

那时的清华大学校医院只能看些简单的病，医生给我开药只凭问诊，居然连血相都没有化验。两个星期以后，药吃完了，病却未见好转。腋下那个鼓包依然故我，既未长大也未缩小。于是清华的医生给我开了转院单，让我到北医三院去诊治。

北医三院给我验了血，白细胞和中性细胞都正常，说明没有炎症。但是血沉有些快。医生根据经验，诊断为淋巴结核。其实引起血沉加快的疾病很多，其中包括淋巴结核，也包括各种肿瘤。可能是医生看我的年龄只有 14 岁，不愿轻易往肿瘤上面去想吧。

于是又吃雷米封，又打链霉素，折腾了一两个月。母亲性急，每天问我，好点没有？我也每天摸一摸，腋下那个鼓包，一直没有变化。母亲觉得不能再拖，要找更好的医院和医生。说来，她在这方面是颇有些办法的。母亲出身于医学世家，她刚刚病故的父亲、我的外祖父刘瑞华是北京协和医院耳鼻喉科的开山祖师，她的伯父刘瑞恒作为中国现代外科医学的奠基人之一，还曾经是协和医院的首任华人院长，而她的弟弟、我的大舅刘国振，现在就在协和医院泌尿外科，也是专家级的医生。

母亲让大舅帮忙在医院挂了号，便带着我去了协和。一通化验之后，医生说，这些都不可靠，最有效的方法是做活检。我问什么是活检？医生笑着说，就是从你腋下的肿块上取下一点细胞组织做化验，在显微镜下看看它究竟是什么东西，这样检查还能不准确吗？

9 月下旬，我在协和医院动了手术。因为是做活检，所以用的是局部麻醉，整个手术过程我知道得清清楚楚。操刀的医生是大舅请来的，他是后来担任过北京医院名誉院长和邓小平医疗保健组组长的著名外科专家吴蔚然，他和大舅是老友。手术时，大舅也亲自在场，穿一件白大褂站在手术台旁。我则被蒙着脸躺在手术台上，眼睛什么都看不见，但可以清晰地听到手术器械咯吱咯吱作响，以及医生和大舅的对话。刀口切开以后，只听吴医生说，“就是这个，应该从这里取样”。这时大舅插话说，“干脆把它整个拿出来吧”。吴医生说，“那好，就整个切下来”。

一个多小时以后，手术结束。我从手术台上坐起来，看到吴蔚然医生手里拿着一个玻璃瓶子，瓶里有一个淡红色的肉球，鸡蛋大小，四周长着很多茸茸的长毛，像是一条条的血丝。他把玻璃瓶在我眼前晃了晃，微笑着说，“看到了吧？这是你的，等着病理检查结果吧”。

一个星期以后，我去协和医院，拆线并领取病理报告。父母与我同往，但我跑得快，一路走在前面。等我进入诊室看到医生的时候，已经把父母落在后面老远。我问医生，我的活检结果出来了吗？医生并不回答，只问我，你爸爸、妈妈来了吗？等我父母进了屋，医生又对我说，你先到外面去等一会。这时我才预感到，事情可能有些不妙。

十几分钟后，父母从诊室出来。我问，我得的究竟是什么病？母亲骗我说，就是一般的淋巴结肿大，没什么。我不信，一再追问，他们只是闪烁其词。正好那几天我刚过 14 岁生日，父亲便说，你过生日，我请你吃烤鸭。硬拉着我来到协和医院西门前的全聚德烤鸭店。

三人坐定，烤鸭端上来，父亲一个劲儿往我碗里夹。我就是不动筷，说，你们如果不讲实话，今天的饭我就不吃了。父亲无奈，看了看母亲，说，咱们还是告诉他吧。现在不说，做放疗时也得说。听说还要做放疗，我心里似乎意识到什么，一下明白了许多。

父亲压低声音，尽量用平静的语气告诉我，切片化验证明，我患的是淋巴母细胞瘤，属于恶性肿瘤。过去清华校医院和北医三院的诊断，都是误诊。这个病不好治，但是医生说，放疗会有很好的效果。

患病时期的我（1968 年）

顿时，我心头一紧，空气似乎凝固，时间也好像停止了。过了好一会，我才问，不是已经切除了吗，为什么还要做放疗？

父亲说，吴蔚然医生切开刀口时看到，我腋下的肿块除了一个大的以外，还有两个小的。因为我做的手术只是“活检”，事前不知道是长了肿瘤，所以不是做“肿瘤清扫术”。吴医生应大舅的要求，顺手把最大的肿瘤切下来，已经是给我们很大的人情了。其实，即使他把另外两个小的肿瘤也清扫了，因为淋巴系统的肿瘤极易转移，手术之后也仍然需要做放疗。

下面的问题就是放疗在哪里做？诊断在协和，治疗也在协和，顺理成章。

（二）

1966年10月中旬，父母为我联系好了协和医院放射科，准备开始用X射线对肿瘤进行深部照射治疗。那里看病的人不多，治疗几乎不需等待。我去的第一天，登记姓名后就被直接请上了一台乳白色的大机器，那机器下面是一张床，护士让我躺在上面，只见头顶上有一只巨大的臂膀带着X光放射镜头上下左右转动，最后一直伸展到我的胸前。这时，一位面容清秀、语气和蔼的中年女医生出现了，她一边将放射镜头固定在我的腋下，一边和我聊天。

"你家住清华吗？"她问。

"是呀。"我答。

"你知道谢××吗？"

"当然知道，清华园里有名的老教授呀。"

"他现在怎么样？"

她这一问，可把话题勾引起来了。因为此时清华园里红卫兵正在造反。批斗、游街、抄家和劳改是校领导和老教授们几乎都经历过的。谢××教授就住在我家前院，不久前刚刚被抄家。

我说："他前些天被抄家了。那天我们都去看，大院子围满了人。我们看见屋里的柜子、沙发、桌椅都被搬到屋外，书也被一堆堆扔到院子里，红卫兵说是要找手枪和发报机，不知找到没有，但是肯定找到了蒋介石的大照片，藏在一本大画册里面。大家说他反动透顶！”

在今天看来，从民国版的图书中找出几张蒋介石的照片，该是正常之极的事。但是在文革中，谁家“私藏”了蒋介石像，那可是反革命的证据，就像说地主偷偷留着地契渴望变天一样。女医生听我这样一说，笑盈盈的脸顿时就阴沉下来。她默默给我做治疗，从此没有再说话。

当天晚上，母亲问我治疗的情况，我讲到这位女医生。母亲和谢××教授一家很熟，她大惊失色，说：“你怎么能和她说这些？她是谢××的儿媳妇呀！”

于是母亲内心纠结了。她害怕我一番话把女医生得罪了。怕女医生把我也当成造反的红卫兵，不给我好好治疗。

我的放射治疗，按医院要求，开始后就要连续做，每周五次。可是母亲因为心里犯嘀咕，第二天她便不让我再去协和。几天以后，她带我去了日坛医院（今中国医学科学院肿瘤医院），这是当时中国最权威的肿瘤专科医院。

我带着协和的诊断报告，转到日坛医院去做放疗。接诊的医生叫秦德兴，40 岁左右，是医院的青年骨干（他后来成为国内著名的肿瘤专家，担任过中国医学科学院肿瘤医院的副院长）。从这时起，一连七八年，他都是我的主治医生。

我的病，虽然是协和做的权威病理诊断，秦医生仍然不肯轻信。他要对此进行复核。记得曾经有一天他带着我从建国门外的日坛医院向西走，穿过一条条狭窄的街道和胡同，一直走到位于东单的协和医院，取回我的病理切片，为的是再次为我确诊。

我母亲还有一个堂兄，名叫刘国聪，当时是北京朝阳医院的病理科主任，也是一位老专家。他听说我年仅 14 岁便患了癌症，颇有些不敢相信，说会不会张冠李戴了？他也要“眼见为实”。于是他也找到协和医院病理科，亲自调走我的病理切片研究一番，最后得到确认：“人家没有弄错。”

三家大医院做出一致结论，我的病是板上钉钉了。但我那时好像没有考虑过死亡的问题。当然是不懂，对此病的严重性和预后情况基本无知。然而懂了也没有太当回事。记得有一天我到邻居家里去玩，看到人家书架上有一套精装图书，每一本都厚厚的，是《苏联大百科全书》。我随手抽出《医学卷》，找到“淋巴母细胞瘤”词条。云里雾里地看过整条解释之后，我注意到最后有一句话，“一般生存时限为 4 至 6 年”。读后居然有几分兴奋，指着书对邻家叔叔说，“书里讲的，这种瘤子在体内只能存活 4 至 6 年，然后病就会好”。那叔叔说话倒也爽直，他看了看书，便对我说，“你看懂了吗？这是说你只能活 4 到 6 年！”我大吃一惊，此后几天茶饭无心。然而几天后就把此事忘记了，该干什么还是照样干。那时清华园的孩子聚在一起，练打拳，学摔跤，我也跟着，有时还和别人打架呢。

秦医生确定的治疗程序也是每周五次进行 X 光深部照射，

每个疗程 3 个月，但是他告诉我，至少要连续做 3 个疗程，9 个月。不能住院，要每天往返。问题是路远，交通不便。我家住的清华园位于北京西北角，而日坛医院在北京东南角，每天要换乘三四次公交车，斜穿整个北京城。那时正是红卫兵大串联高峰，公交车一律不要钱，外地串联学生喊着叫着狂拥乱挤。他们是来北京等候毛主席接见的，一个个都那么兴奋而激动。我每天便默默地加入这样的人流，做的却是和大家完全不同的事，内心的沮丧和凄楚，不言自明。

在清华园胜因院 34 号旧居门前，1968 年

此时，我知道自己中学的同学们也都纷纷到外地串联去了，

他们戴着红袖章，坐上火车到全国各地点燃“革命”之火，有的上了井冈山，有的去朝拜革命圣地延安，还有的打着红旗背上背包重走长征路。一个个都好不神气，令我羡慕不已，心向往之。

还是“既来之则安之”吧，那时父母反复用这句话安慰我。有病就要安心治疗。毕竟，他们可以为我创造相当优越的医疗条件，最好的医院和最好的医生都能找到。日坛医院确实比协和医院在治疗肿瘤方面更加专业，治疗方案也便更为周详。秦医生对我做了全身检查，发现我身上多个部位都有不同程度的淋巴结肿大。考虑到淋巴癌容易扩散，为了保险起见，决定在我的双侧腋下和双侧颌骨下(连同耳后)4 个部位同时做 X 光深部照射。四管齐下，治疗和防扩散的效果可能更显著，然而对身体损伤也更大。尽管每次放疗时间很短，只一两分钟，不痛不痒，但是如果连续治疗一周，它就会杀死血液里一半以上的白细胞；如果坚持做一个疗程，它就会把皮肤都烤得乌黑焦糊。腋下皮肤糊了没人看见，但我左右两侧颌骨后面被留下两个名片大小的褐色方框，多年以后才渐渐褪去，那是很显眼的，常被人盯着看。同时，我体内的器官也跟着受损。此后几十年我每次患感冒看病，医生检查我的喉咙，便会问我，你的扁桃腺切除了吧？我为了避免解释，便点头称是。其实，我从未动过这样的手术，我的扁桃腺，是活活被放疗杀死的。这也可以算是放疗的副作用之一。

癌症患者的心情，是影响康复的重要因素。放疗本身没有带给我什么痛苦，我接受治疗的过程，心情平静，波澜不起。但是，肿瘤的治疗环境却让我无法适应。首先是医生为我画的治疗标记令我难堪。为了在每一次放疗中将 X 光放射机镜头对准治疗部位，医生需要用紫红色的油墨在该部位画上一个方框。那油墨是不怕水洗的，一旦画上，经久不褪色。对我来说，画在腋下倒是无妨，但是画在颌骨后面，等于直接画在脸上，影响美观不说，而且它是人人可识别的癌症病人标记，就像古代犯人脸上被刺字一样。这是我很难正视的，在很长一段时间，我几乎不敢照镜子，还最怕被人问起此事。幸好很快到了冬天，在室外，我可以戴上羊剪绒的帽子，把护耳放下来，将脖子以上的部位盖住，但是回到屋里，帽子一摘，还是无法遮丑，这令我几乎生出做贼后担心被人捉住的感觉；其次，是日坛医院的就诊环境不佳。虽然那里的医疗设备都很先进，但是由于医院狭小拥挤，而危重患者多，成天病床担架出出进进，病人的呻吟声，家属的喊叫声连成一片，就是那些默坐候诊的患者，也大多面容枯槁憔悴，有些脸上还画着红框。我每见此情此景，便觉心口发堵，不禁把脸别向一边。

更令我心情压抑和苦闷的事发生在家里。

清华园是“文革”的重灾区，群众运动搞得异常激烈。我父亲作为外语系教授，原本在 1957 年挨过整，此时又被作为“漏网右派”，在运动刚开始时就被公开点名。随后又接连被扣上“资产阶级反动学术权威”“苏联特务”“间谍”等大帽子。1966 年 8 月以后，我家连续被抄家两次，屋里的白墙上被贴满大字报。父亲则多次被揪斗，在批判会上认罪。

这一切，使我的家庭气氛变得很糟。那时我的两个姐姐都不在家，只有我一人面对成天唉声叹气的父母，面对墙上那些“打倒”我父亲的大字标语。虽然，我并不相信父亲是坏人、有罪，但是在这样的家庭里出出入入，我不由自主地受到牵连，被人当做“资产阶级狗崽子”和“黑五类子弟”，处处遭人白眼受人歧视不说，甚至清华园里我的小学同学知道我父亲挨整，也戴上“红卫兵”袖章，跑来我家门前喊口号，扬言要抄我的家，使我的自尊心受到极大伤害。

幸好，我是在北大附中上学，那里的同学并不了解清华园发生的一切。我在自己的学校里，心情相对轻松。运动之初，一批以干部子弟为首的老红卫兵把持权力，打击排斥“黑五类”子弟，不让我们参与“革命”，我因此回到家中，但是几个月过去，有同学跑到家里来告诉我，说现在情况已经发生变化，学校又成立了其他红卫兵组织，比如“井冈山兵团”等等，家庭出身不好的同学也可以参加了，他自己就是“狗崽子”，现在还居然担任了“井冈山”红卫兵的小头头，每天领着同学们写大批判稿，组织各种形式的斗争会、批判会、辩论会。他的话让我感到兴奋和激动，为我带来无限憧憬，于是我开始向往返回学校参加“文化大革命”运动。

今天的人们可能难于理解，那时的我们是怎样地热衷于“革命”。

在大讲阶级斗争的年代，人的价值是以政治身份显示的。“革命”是一个关键性标签。如果没有这个标签，人的存在简直都没有了意义，因为我们从小所受的全部教育，都围绕着这一点：要听毛主席的话，做革命人。但“革命”是要用每个人的言论和行动来证明的，它意味着必须亲身参与并在其中显示自己的坚定立场。在那时的我看来，当一场遍及全国的轰轰烈烈的革命运动来临之时，自己偏居一隅，做一个旁观者，无论以什么理由解释，都是不可接受的。道理很清楚：在激情燃烧的革命运动中，谁能不热血沸腾，难道他是冷血动物吗？

到革命洪流中去，是时代的呼唤，也是我们这些一心要革命的青年的心声。

这时是 1967 年的 3 月，我放疗的第二个疗程进行到一半。按医生的要求，至少要完成三个疗程，还需要四五个月时间，而后观察疗效，决定是否再开更多的疗程。可是我等不及了。我心急如焚。我要尽快回到学校。当然，我知道，自己的病没有痊愈，突然中断治疗，是在拿生命冒险。也许，这一下就决定了我的命运，是个生死选择。但我不愿意多想这些。因为到学校去参加革命运动，这实在太有诱惑力了。在“革命”的感召面前，谁顾得了那么多？

此时我家住在清华西院，家门前有一棵百年树龄的大杨树，“文革”期间，清华造反派挂在树上的高音喇叭，成天对着我们吵吵嚷嚷，讲完话就唱歌，没完没了。有一派红卫兵组织创作的“红卫兵战歌”，更是一天不知要播出多少遍，它的歌词用的是林彪语录，内容是这样的：

在需要牺牲的时候，要敢于牺牲，包括牺牲自己在内，完蛋就完蛋！上战场，枪一响，老子下定决心，今天就死在这个战场上！

这首歌男女声齐唱，很有些悲壮意味。特别是“完蛋就完蛋”一句唱完以后，还要齐声高喊“完蛋就完蛋”！歌词以不惜玉碎的一种绝决示人，令人印象深刻，故而被戏称为“完蛋歌”。

我当时反复听这支歌，不知不觉受它的感染和鼓舞。心里也想，要革命，还怕完蛋吗？完蛋就完蛋！想到这里，便觉热血沸腾，胸中升起一种浩然之气，自己忽然间变成了视死如归的勇士。

于是我把日坛医院的病历本扔在一边，瞒着家人，偷偷回学校参加“文革”去了。

（三）

1967 年“五一劳动节”，一家人都放假在家。母亲让我把衣服换换，她给我洗。

过了一会儿，母亲手里拿着一个信封走到我跟前，厉言正色地问：“你老实告诉我，这些天你没去医院，跑哪里去了？”

我知道事情露馅了。原来，前两天我接到日坛医院随诊组的一封信，询问我一个多月未去医院做放疗，是怎么回事？我把这封信顺手揣在裤兜里面，母亲在洗衣服时看到了。

我只得讲出实情。

母亲大发雷霆，对我咆哮：“你不要命了吗？你知不知道这是要死人的事！”我无言以对。

假期结束，母亲决定亲自押送我回医院就医。虽然不情不愿，但是母命终不可违。记得我曾挣扎地表示不想再去医院，气得母亲真的动手揪我的耳朵。于是我只能低头跟着她走。

偏巧前几天，母亲也收到一封信，是上海的二舅寄来的。二舅刘国捷是上海华东医院的外科专家，他与北京日坛医院的肿瘤专家关曾文是好友。来信是想请关医生照顾我。于是母亲拿着这封信，带我直接去见关医生。

关医生很认真，立即找来秦德兴医生和孙燕医生一起为我会诊。孙燕在肿瘤学科上的造诣极深，后来被选为中国工程院院士，当时已经是日坛医院的头牌专家、学术权威。三位医生研究后对母亲和我说，我的病的主要危险在于肿瘤复发和扩散。前一阶段四个多月的治疗，疗效还不能确定，尚需观察。目前左腋下尚存的两个小肿瘤，直径都在1CM左右。如果不长大，应该不会引起什么麻烦。但是它们一旦长大，就属于复发，需要立即治疗，防止癌细胞沿着淋巴系统全身扩散。所以他们要我经常在腋下摸摸，检查肿块的大小有无改变。而且，也需要经常回日坛医院复查，最好每半年一次。

至于被我擅自停止的放疗，他们说可以暂不恢复，观察后再决定。我听了欣喜若狂，感到自己被解放了，仍然可以回学校“继续革命”。

但是几位医生反复叮嘱我，还是要静养，不能劳累，这种病极易复发，复发时一旦癌细胞扩散，便很难治疗。秦医生还举出一个例子，讲的是一个十几岁的青年人，患上与我相同的病，经他的手治疗效果不错，病情得到控制，但是病人自己不注意，跟着红卫兵一起到外地“大串联”一个多月，因为过度劳累，引起全身性复发，再来日坛医院时，两只耳朵后面鼓起大包，整个头部都变形了。现在刚过几个月，此人已经不在人世。

我当时只觉得秦医生是危言耸听。我的心思早已飞回了学校。

临走时，秦医生给我开了一张盖有公章的医院证明，上面写着：“因此病治疗后易复发，请予该学生五年免体免劳。”

此后，我名正言顺地回到学校参加“文革”运动，不必再瞒着父母了。几天后发现因为学校停课搞运动，同学中不少住校生已经长期不露面了。宿舍楼里有大量空床，有的热心于政治运动的走读生擅自住了进去。反正现在整个学校处在无人管理状态，住宿也不要钱。我一直是走读生，此时见此景也动了心，索性搬着铺盖卷到学校住宿，和红卫兵的同学们同吃同住同“革命”，每到周末才回家一次。这使我心情变得非常好。不仅因为脱离了父母的管束，精神比较放松，而且还因为远离了令我郁闷的家庭。前面已经说过，与父母在一起，我是另有一番苦衷的。

“文革”进入派性斗争阶段，父亲在清华挨整得更厉害。两派轮流批斗校领导，父亲每每被拉去陪斗，戴高帽、弯腰低头“坐飞机”，每次几个小时，被折腾得筋疲力尽。父亲此时已经患有高血压、冠心病，担心身体抗不住，万一摔倒，必遭红卫兵暴打不说，还很可能引发脑梗、心梗。所以父亲每天回家，都会面对墙壁屈俯身体站立一两个小时，以此锻炼挨斗的适应能力。那时我家面积已经很小，过去住的清华胜因院别墅型大房子在红卫兵“勒令”之下一让再让，最后全家彻底从中迁出，搬到西院两间加起来不到20平方米的东厢房。这房子，四口人住十分拥挤，除了床铺以外，摆不下什么家具，只在屋子当中架一只煤饼炉子供做饭用，墙边有饭桌、几把椅子和几只箱子。父亲这个大学教授，连自己的书桌和书柜都扔掉了。此时，看到父亲在这样狭小的空间里自我练习“坐飞机”，我内心的苦痛难以言说。作为知识分子子弟，我性格中自幼形成的清高和矜持，以及我前段通过在学校参加革命运动所获得的自尊和自信，在这样的境况面前立即全部化为乌有。更要命的是，那些日子，清华园里自杀成风。很多教师不堪忍受造反派红卫兵的迫害，上吊的，吃安眠药的，投河的接连不断。清华有游泳池，还有朱自清写过《荷塘月色》的荷花池，都离我家很近，距离不过300米。此时这些地方成了自沉者的理想之地，沉落过不少冤魂。而我和母亲每每听到某某人沉湖自杀的消息，心惊肉跳之时，看到父亲挨整过后那张阴郁苍白的脸，便不禁生出万分的担心：真害怕他走那条路呀！

这样的环境令我窒息，我的精神几乎要崩溃。住到学校里去，冠冕堂皇的理由是去参加“文革”运动，是去“革命”，而在我内心深处的潜在理由，是要逃出这个不光彩的家，远离这个令我难堪的清华园，躲开这个倒霉的父亲！因为一旦回到学校，我便可以放下沉重的家庭包袱，内心的一切纠结和困扰都不复存在，立刻变得神清气爽，找回自己作为一个“革命人”的全部感觉。

时间过得很快。就这样，我在学校宿舍里住了将近两年，交了一大批红卫兵朋友。1968 年底，毛主席号召“知识青年到农村去，接受贫下中农再教育”，我的朋友们大多下乡插队了。我本人也面临选择，是留在北京当工人还是去农村做知青？母亲让我把医院开具的“五年免体免劳证明”给校革委会的领导看。那领导说，你这样的身体条件，要想留在北京进工厂根本不可能，因为体检你就通不过。去农村插队不需要体检，你能去吗？按理说，让你“免体免劳”，你就什么事情都不能干，只能在家呆着。

让我在家呆着，我是追求革命的青年呀，怎能做游手好闲之徒？于是我和负责学生分配的老师好一顿软磨硬泡。

终于有一个老师动了慈悲心，说他可以试试，争取在北京给我安排个适合的工作。几天以后，那位老师通知我说，已经联系好了，让我去颐和园，当园丁。

如此顺利就把事情办妥，这是因为，当时我们北大附中和颐和园有合作关系。“文革”前夕，学校已在进行教育改革，这包括“开门办学”，学生参加“支工”“支农”劳动等等。我在北大附中读书一年，曾两次到颐和园去劳动，每次两周，去了就是当园丁，做清洁工。整天左手提着一个长把手的洋铁簸萁，右手拿着一把扫帚，在楼台亭榭、假山假石中间转来转去做清扫。这工作，有个专业术语，叫做“剃山石”。因为在园里路跑得多，我对颐和园说得上是熟悉，从南到北，从东到西，一楼一寓，一草一木都能叫出名字。记得我“开门办学”劳动回来以后，曾对母亲吹牛说：“颐和园里，除了女厕所，我都去过了。”

但现在面临的选择不同。让我一辈子去“剃山石”，我不情愿。主要还不是看不起清洁工，首先是因为去那里工作，连一个伴儿都没有，注定太孤独。我最要好的几个朋友都下乡了。他们是为了在“广阔天地”，可以“大有作为”。其次，我也一向觉得，革命青年一定要有理想，有抱负，有雄心，有追求，这样才能施展才华、“干一番事业”。如果在颐和园里静悄悄地“养起来”，能干什么大事？岂不成了“关在笼中的金丝雀”？这在那个革命的时代，是受人鄙夷的。因为革命事业总是轰轰烈烈的嘛！再者，也是非常重要的一点：假如留在北京颐和园工作，我就又要每天回家住宿，又要经常面对被打成阶级敌人的父亲，难道我还要去重温做“狗崽子”的感觉吗？

回答当然是明确的。我毫不犹豫地选择了下乡，到吉林省白城地区去插队。这事我不敢和家里商量，因为我预料他们绝对不会同意。我只能在既成事实之后，再向他们宣布我的决定！

我并不是没有考虑过自己疾病的风险，但在这时必须豁出去，为了心目中的“革命”事业，拼了。我也想到过父母，他们都已渐入老年，且患有多种疾病，根据当时国家制定的“身边可以留一个子女”的政策，我在两个姐姐都已离开北京的情况下，即使不出具医院证明，也是可以留下照顾父母的。他们也确有这种需要。然而，我的叛逆之心在此时占了上风，更多想到的是自己不愿再受父亲的拖累。在这一刻，我做了绝情的决定。

我知道家里的户口本在一个没有上锁的小抽屉里。我将它偷偷拿出来，独自到五道口派出所办理了户口迁移手续。几分钟功夫，一个红色印章盖上，我的北京户口就变成了吉林省的农村户口。

晚上回到家，我拿着刚开具的户口证明，告诉父母自己要去插队了。

母亲大吃一惊，她瞪大眼睛问我："你怎么连招呼都不打，就自己把户口转走了？你知道你的病会让你死在那里吗？"

母亲愤怒了，她扬起手要揍我，但是她随即便痛哭起来，哭声很响，很凄惨，很悲凉。我从小到大，从没有见母亲这样哭过，那是一种哀嚎。边哭还边自责，连说："我怎么忘记把户口本藏起来呀！"

此情此景，几十年来一直牢固地烙在我的脑海里。一旦浮现出来，就让我深感心痛。我内疚，觉得自己当初少不更事，完全不了解母亲的爱子之心。我的鲁莽和草率，我的反叛和自以为是，让母亲心碎了！

后来我也常常反思，自己做这样的决定是不是个错误？由于这个决定和我吊诡的癌症经历搅在一起，使我无法做出理智判断。但从情感上，我很惭愧，无法原谅自己当初的自私和对父母的绝情，置他们的老弱之身于不顾，孤身一人逃亡到千里之外的东北农村。

此时父母应该也很纠结。特别是父亲，对我执意离家出走，他一定懂得我的心思。但他被扣着一堆政治帽子受审查，也不便阻拦儿子要求“革命”，只能无奈地接受现实。临行前，父母特意带我去了趟王府井百货大楼。母亲提议为我买长毛的羊皮大衣，父亲赶快提议为我买长筒羊毛靴。他们大概认为，自己力所能及的，只是让我在东北的冰天雪地里穿暖一些，其他的都管不了啦。

1969 年 4 月，我与北大附中的 30 名同学一起，来到吉林省白城地区洮安县农村。今天的人们未必能理解，我们当初都是把这当做一项革命事业来参与的，可谓豪情满怀，壮志凌云。虽然，毛主席说要我们去农村“接受贫下中农的再教育”，但是我们记得，毛主席也说过，“你们青年人朝气蓬勃，就像早晨八九点钟的太阳，希望寄托在你们身上”，他认为我们在农村可以“大有作为”，这就意味着要靠我们来改造和建设社会主义新农村。所以我们下乡，是怀着强大的责任感和使命感，有一种“我们不说谁说，我们不干谁干”的劲头，一心要“扎根农村，干一辈子革命”。因而干起活来总是拼尽全力，冲锋在前，无论多脏多累，都争先恐后，“一不怕苦，二不怕死”是当时的口头禅。

刚下乡时，我写信向母亲报告情况，讲到自己在农村如何“与天斗其乐无穷，与地斗其乐无穷，与人斗其乐无穷”，一下就把母亲惹毛了。我的淋巴癌本来就没有痊愈，母亲害怕如此的高强度劳动引起肿瘤爆发，造成不可收拾的结果。于是她便给我下乡的公社、大队领导写信，要求人家对我加以照顾。

在公社的拖拉机上(1971 年)

但是,在生产队干农活、挣工分,也有一定之规。你拿成人的工分(10 分),如果净干轻活儿,那对其他社员不公平。所以生产队长知道我的病情以后,就对我说,“没有那么多轻活给你派。你身体不好,少干两天就是了,干一天休息一天,少挣几个工分得了”。可我生性好强,不是为了工分,而是不愿被人轻视、被人讥笑,被当做东北人所谓“病秧子”“街溜子”,所以累了也不休息,一直在苦苦坚持。在农村五年半,庄稼院里的农活,简直是没有什么没碰过。播种施肥,铲地割地,垛墙盖房,脱坯垒炕,刨粪积肥,放牧看青,割草搂柴,打谷扬场,修渠打井,跟车送粮,可谓十八般武艺都学过干过。最考验体力的是给公社粮库送公粮，要扛着180斤的粮食麻包踏上一尺来宽的狭长跳板，一路颤颤巍巍地走到两三层楼高的粮垛前，扯开麻包的一角，身子一斜，肩膀一抖，将粮食唰地一下倒入粮垛中。我记得自己在跳板上两腿曾经不由自主地颤抖，几次因重心不稳险些跌落，然而硬挺着过来了，还很有几分成就感。

在知青集体户门前喂猪（1972年）

在农村，精神自由，空气新鲜，心情大好。每天享受着明媚的阳光，欣赏着蓝天白云，青山绿水，与老乡们一同在田地里劳作，边聊天边嬉戏，时间久了，便让我把自己患病的事丢在脑后。该怎么干活，就怎么生活，一切都和健康人没有区别。只有母亲来信，还在时时提醒我、告诫我：要注意，要小心，别太累，别拼命。我则基本是当做耳旁风。除此之外，还有日坛医院的随诊组，他们也是不断勾起我这一段伤心历史记忆的人，我曾对他们极其厌烦，但是他们的责任心确实令我感动和敬佩。自从我 1967 年 5 月离开医院以后，他们坚持每年两次给我写信，询问我的病情发展，并寄来专用体检表，让我在当地医院复查时填写，然后再给他们寄回。这项工作，他们至少坚持了 20 年，我不搭理他们，他们依旧如影随形地跟踪着我；我每走到一处，他们就跟到一处，想甩都甩不掉，也不知他们是怎样得到我的联系方法。直到 80 年代后期，我早已回到北京，在人民文学出版社工作多年以后，我反复告诉他们我的病已痊愈，要求他们停止随访，他们才不再来信。

当然那些年，我一旦回到家里，母亲定会督促我去日坛医院复查。因为下乡在东北，冬天寒冷，没有农活干，农民们都在“猫冬”，我们这些知青自然就会回北京。所以我年年冬天都会去医院找秦德兴医生。去了也不用挂号，秦医生在哪里，我就找到哪里。有时在诊室，有时在病房，有时在实验室，只要看见我，他便就地给我检查。一直到 1974 年，这时距我淋巴癌发病已有 8 年，秦医生在给我做了一次全面体检之后，对我说，“你以后不用再来了。你的病已经完全好了”。他又摸了摸我左腋下的两个小小的肿块，说，“我相信这里的癌细胞已经死光了”。

真是一个令人难以置信的结果。恶性肿瘤在我逃避治疗之后竟然痊愈了。

（四）

50年过去了。今天，我把自己的癌症故事讲给年轻人听，他们会觉得难以置信，匪夷所思。

有病不治还去下乡，是不怕死吗？

我没有那么高的思想境界。其实不是不怕死，而是没有想到死。

尽管母亲总有不祥的感觉，时时提醒我是身患重病的人，必须处处当心，但是因为这个病并没有引起我的全身性症状，不痛不痒不发烧，我自己没当回事，只以为母亲是危言耸听，吓唬人。

直到不久前，出于好奇心，我查阅了一些医学论文和研究资料，才发现，当年我患的"淋巴母细胞淋巴瘤"，竟然是一种恶性程度很高的肿瘤，在诸多类型的淋巴癌中是最为凶险的，患者死亡率也最高。

例如《新疆医科大学学报》2014年第7期，有文章对28例儿童及青少年淋巴母细胞淋巴瘤做了临床治疗及预后分析，作者跟踪两年的结果是，28人中存活13人，死亡15人，死亡率54%，死亡原因是疾病进展和复发。至于两年之后，5年和10年的死亡数字，作者未做统计，但其结果也可想而知。

再如《白血病·淋巴瘤》杂志2012年第11期，一篇论文谈到有医生对105例淋巴母细胞淋巴瘤患者进行跟踪随访，发现患者普遍发病快，死亡也快，中位生存期仅为36个月，1、2及3年生存率分别为66.67%、48.81%以及20.69%。

又如《中国癌症》杂志2003年第2期，有文章讲到医生对36例淋巴母细胞淋巴瘤患者跟踪随访12年后，已有30人死亡，生存率仅为16.6%。

这大体可以代表21世纪初期的现代医学对这种癌症的治疗水平。相信在我国半个世纪前的医疗和诊治条件下，此病患者的死亡率要更高些。这不能不令我感到触目惊心。想到自己当初的冒险行为，不禁有些后怕。

当然，这些论文在谈到此病"预后较差"的同时，也说它对放疗、化疗较敏感，一些病人能得到"缓解"甚至"完全缓解"，但它又"极易复发"，还有相当高比例的病人"合并白血病"。同时，青少年患者的预后比成年患者要好，有少数患者可以痊愈。

看来，我就是那少数的幸运者之一。但是，为什么幸运之神会关照我呢？

回顾这段死里逃生的经历，我试图找出其中的逻辑关系。

我之所以会罹患此病，当时医生是说不清的，只以"病因不明"四字回答。但是现在的医学科学研究，认为细菌和病毒感染都有可能引发淋巴系统的肿瘤。我在1966年6月左小臂被电烙铁烫伤导致感染，这很可能是我左腋下生出肿瘤的诱因。

如果是这样，那么我的治疗还算及时。虽然最初也经历误诊，但是协和医院在3个月后以病理化验为我确诊，使我立即转入了对症治疗（放疗）。也要特别感谢吴蔚然医生和我的大舅，他们在活检手术中临时决定切除肿瘤，去除了我体内最大的隐患。

如果当初只是活检，那么以后的治疗就会复杂得多，结果也就难以预料。记得事后我大舅说，他作为协和医院的医生一向是反对给病人做活检的。已经开了刀，见到肿物不切除，只是取出一点细胞组织去化验，这种方法风险很高。因为如果肿物是坏东西，你用活检刺激它一下，可能导致它爆发性增长，或者扩散。所以他才坚决要求吴医生为我将肿物切除。

接下来的放疗是针对左腋下未被切除的两个较小肿瘤和其他部位可能存在的肿瘤。3 个疗程我做了一半，中途逃跑，现在看来，也未必是错。记得那时放疗对我的白细胞杀伤极大。每周一去医院放疗前都要先验血，白细胞通常在 6000 以上，到周五经过 5 次放疗以后再一验血，白细胞就只剩不足 3000 了。周末要回家补充营养，休息两天，下周一再来做放疗。我猜测，如此连续治疗，让白细胞数量总是大起大落，是很容易激发白血病的。为什么有的医学报告显示，此病患者合并白血病的比例甚高，是不是与放疗杀伤白细胞有关，值得研究。因为当代医学科学已经证明大剂量的 X 射线在人体上的应用，是引发白血病的原因之一。而我的放疗，使用的正是 X 射线。所以，我少做了一个半疗程，大约 4 个多月的放射治疗，大量降低了 X 射线的辐射，这或许也是我幸免于白血病的原因呢。真是塞翁失马，焉知非福？

至于我的放疗效果，以秦德兴医生的经验判断，一是有效，二是治疗不彻底。因为以往同类病人放疗至少要做 3 个疗程 9 个月，而我却半途而废，这样肯定不能把癌细胞赶尽杀绝。所以我确信自己在一个时期之内，是属于带癌生存，因为我左腋窝里一直有两个直径1CM左右的肿瘤，随时伸手都能摸到，它们的性质应该和被切除的肿瘤相同，这是我在协和做活检时，吴蔚然医生和我大舅都亲眼证实了的。它们是两个活生生的癌肿。当然，即使没有这样的肿块，也不能说明病已痊愈。根据近年来的研究报告，患者即使做了手术和彻底的放疗、化疗，此病也仍然有很高的复发率，多数死亡者是因为复发。而复发大都出现在治疗后的五年之内，所以医院给我开出"五年免体免劳"的证明。

然而，我却以回到学校参加"文革"运动和到从村从事重体力劳动渡过了这个危险时期。简直似有神助，令人费解。思来想去，我以为自己转危为安的根本原因在于精神因素。

病愈多年以后，我读到一本书，作者是美国《星期六文学评论》总编辑诺曼·卡森斯，他的著作原题为《病的解剖》(*Anatomy of an Illness*)，于1979年出版，中译本改题为《笑是治病的良药》。卡森斯在书里讲他自己1964年曾患有绝症，医生认为治愈的可能只有千分之二。他于是拒绝治疗，搬到一家廉价旅馆，每天吃大量维生素C，观看娱乐节目，让自己哈哈大笑。后来他的病竟然神奇地不治而愈。此后，他继续从事反对核武器、宣传世界和平的活动，曾获得1971年的联合国和平奖章。卡森斯坚信积极正面的人生观，充满希望和乐观的生活态度，可以抵御疾病的困扰。他将自己的经历发表在权威的《新英格兰医学杂志》上，1984年，好莱坞还据此拍成电影。这个故事一经发表，立刻引起了全世界的轰动，十几个国家的三千多名医生写信与他交流。他们认为卡森斯为现代医学开启了一扇窗，让人们重新认识到了身体的自愈能力。卡森斯后来还被加州大学聘请为医学院教授，专门研究人类情绪抗病的生化作用。

病愈后考入武汉大学(1978 年)

这个故事表明，积极情绪是开启身体自愈系统的钥匙，绝症患者要康复，先要摒除内心的负面情绪。联系我当年的情况来说，逃离家庭，回到学校是我摆脱思想苦闷，克服内心焦虑的第一步；及时地加入“革命”队伍，这是针对我当时心病的一剂良方。我相信身体的自愈也是从此时就开始了。但是，此时毕竟处在“文革”中，我作为“黑五类”的“狗崽子”尽管没有遭到打击迫害，也还是有一团阴影笼罩在头顶久久不散。真正让我获得心灵解放的是下乡插队。到了农村，天地变了，人的价值观也发生变化。

农村的老乡们不懂政治，不搞阶级斗争。知青们来了，管他什么家庭成分，只要“任干”（干活肯出力），就是“好家伙”（好样的）。在那里，一个人对于所谓“革命事业”的价值，不是靠“红五类”家庭出身，也不是靠高喊革命口号，而是用努力干活来证明的。老乡们懵懂、无知，但是善良、包容。他们看到我们这些北京来的学生老实正派，理所当然地认为我们都是“好人家的孩子”，即使知道有些人的父母在挨整，也全不介意。在这样的环境里，我的思想负担完全卸下，虽然终日劳动身体劳累，但是精神轻松，心情舒畅，生活快乐，笑口常开。回想过去，我迫不及待回学校参加“文革”，无非是想要证明自己“革命”的社会价值，但因为总被“红五类”轻视，还是难免郁闷；如今在农村，几乎不靠政治表现，这种价值却被毫不费力地证明了。因为积极上进，我受到公社和大队领导的重视，竟然接连获得提拔重用。1972 年我在尚未入团的情况下，居然先已被乌龙地任命为大队团总支委员，然后再补办入团手续；1973 年我又被任命为公社团委副书记、大队革委会副主任，成了知青的头头，农村的干部。获得这样的社会肯定，令我的精神很自然地转入振作和兴奋的状态，消极情绪被扫除一空。从那时开始，我的心态变了，乐观积极的人生态度一直在我的心中常驻。

同时，我以为在农村从事体力劳动是一种“有氧运动”，这对我疾病的康复也是有益的。卡森斯用笑来治病，理由之一是他强调康复需要一定的运动，而大笑可以增加人体的运动量。的确，现代医学研究已经证明运动能提高自身免疫力，抵抗癌症的侵袭。

如此说来，我对医嘱“免体免劳”反其道而行之，或许也是歪打正着。

人生有些事，道理无法说清。我的病就是如此。自己 14 岁就罹患这样险恶的癌症，自然是不幸的，但是，无论手术还是治疗，母亲都为我找到顶级的医院和医生，这又是我的幸运。按理说，在正常情况下要想康复，继续听从医院安排，是不二选择。虽然规规矩矩地医治，也可能仍然逃不出死神魔爪，但是从逻辑上说，只有这样才可获得较多生机。然而，特殊的时代，正常的逻辑被打乱了。由于社会被扭曲，心灵受压抑，为了精神的解脱，我只能选择一条违背医嘱的路，就像是背着阳光往幽暗的山谷里钻，似乎是一路奔向死亡的黑洞，却没成想竟遇到柳暗花明、峰回路转，令我绝处逢生。于是，在某种意义上，我不得不说，我这条命是被“革命”救活的。若不是任性地、不顾一切地追求“革命”，我在一些关键时刻的选择就会完全不同，那么这场疾病的结果也可能大不相同了。

不过，从今天的立场来看，当年的所谓“革命”成了我的救命稻草，是带有几分可悲和滑稽的。诚然，青年时代的激情和理想，作为一种昂然向上的进取精神和社会担当，有其值得珍视之处，这或许是支配我一生的动力之一。但我那时对于“革命”的理解却十分无知和褊狭。就拿当初抱着“完蛋就完蛋”的心情回校参加政治运动来说，自己在其中刻意追求、无限热衷的东西，例如期望做一个“文革”中的坚定革命派，这种价值认同随着历史变迁，已显示出荒谬和可笑。但是，我需要老老实实地承认，正是这些夹杂着无知、褊狭、荒谬和可笑的激情与理想，竟然支持着我与病魔周旋多年，直到助我死里逃生。

人生真是吊诡，造化真是弄人。

2017.9.22 初稿

2017.9.25 定稿

图书在版编目(CIP)数据

清华园的记忆/李相崇,李昕著.—上海:上海三联书店,2020.4
ISBN 978-7-5426-6926-1

Ⅰ.①清… Ⅱ.①李…②李… Ⅲ.①散文集—中国—当代 Ⅳ.①I267

中国版本图书馆CIP数据核字(2019)第282488号

清华园的记忆

著　　者 / 李相崇　李　昕

责任编辑 / 黄　韬
装帧设计 / 徐　徐
监　　制 / 姚　军
责任校对 / 张大伟　王凌霄

出版发行 / 上海三联书店
(200030)中国上海市漕溪北路331号A座6楼
邮购电话 / 021-22895540
印　　刷 / 上海经天纬地印刷科技有限公司

版　　次 / 2020年4月第1版
印　　次 / 2020年4月第1次印刷
开　　本 / 890×1240　1/32
字　　数 / 150千字
印　　张 / 8
书　　号 / ISBN 978-7-5426-6926-1/I·1582
定　　价 / 48.00元

敬启读者,如发现本书有印装质量问题,请与印刷厂联系 021-66552038